Grandmaster

大師 馬斯多塔

Mastota

約翰 著

Content

目次

第一節　前途未卜之道　005
第二節　莊園的主人　021
第三節　藍月之城　043
第四節　傑克五號　051
第五節　大賢者奧特　065
第六節　藍月之城攻略戰　087
第七節　晉升貴族　103
第八節　猛信者　115
第九節　紅袍法師會　127
第十節　計謀　147
第十一節　決戰　159
第十二節　後記　187

【作者後記】　195

第一節　前途未卜之道

我，前吟遊詩人——約翰・斯萬要開始說故事了。

為什麼是用前吟遊詩人這個頭銜呢？或者我為什麼擁有這個稱號呢？為了取信於各位，我必須將一切誠實以告。這樣我接下來說的故事才有人來聆聽。

吟遊詩人的資格其實是非常寬鬆的，只要你自稱是一名吟遊詩人，你就是吟遊詩人了。這頭銜不像勇者那樣必須有著顯赫的功績；也不向魔法師那樣非得變出一些火花那樣。至於你所傳唱的內容如果很差勁而引不起他人的興趣，那頂多被稱為「一個糟糕透了的吟遊詩人」而已。至於「前吟遊詩人」那就更簡單了，只要你曾經是吟遊詩人，後來因為任何理由不再自稱吟遊詩人，那麼，你就可以自稱是前吟遊詩人。

樂器。我差點忘了，許多人把它當成一項指標，不過我倒是不這麼認為。

其實我對樂器是一竅不通的，甚至看不懂樂譜。我唯一會彈的短曲「樹上的雲雀」，是我靠著死記的方式學來的，目的只是用來唬住人而已。當有人質疑我會不會彈奏手上這把琴時，我便演奏給他聽；或是在說故事前用來聚集人潮，效果也是不錯。

但這並不能將吟遊詩人與音樂畫上等號。舉個例子來說好了，鎮上那個曾經跟著宮廷樂師學習的愛德華，他就不曾說過一個像樣的故事；而不通樂器的我，只要在講到精采處撥弄一下手上的四弦琴，連愛德華也不得不承認我吟遊詩人的身分。

總而言之，「故事」才是吟遊詩人的標誌，就如同戰士身上的寶劍、弓箭手背後的弓那樣。或許你們還會想要補充說：「還有法師的杖啊！」這樣的聯想，其實並不正確，因為不拿杖的法師我見的太多了，關於這一點以後我再慢慢說明。

不過我剛剛提到誠實，我必須說吟遊詩人只是我其中的一個職業而已。雖然我並不想承認，但我的另一項身分——藥店的店員，確實對生活中的影響重要了許多。如果單純只靠吟唱的賞錢過活，恐怕今天你們也無法聽到這個故事了，因為本應為你們說故事的人，此刻早已躺在路旁某處並早已被風乾成為枯骨了。

當然藥店的工作也並非十分穩定，就在工作的第十一個年頭後，也就是我二十五歲那年，老闆從鄰鎮找到了學徒。由於只需給一半的薪水，於是我捲鋪蓋走路了。唉！磨藥跟稱藥，居然還要從學徒做起，這世界變了，讓我也不知該怎麼說了。

我只要想到離開前另一位店員老彼德。喔，他是老闆娘的表弟。他拍著我肩膀安慰說，「嗨，我相信你可以過得很好的，之前我看到你的吟唱得到不少賞錢。」面對他這樣的誤解，我想到這裡只能苦笑了。

馬斯多塔曾經對我說，人類的生存需求每一階段不同。要先衣食無憂後，接著開始要求安全。一般的農夫、裁縫跟雜貨商就是在滿足大家的基本生存需求這裡。

接下來是對安全的需求了。衛兵、保鑣、甚至是勇者或法師，他們的存在也算這個層次了。至於吟唱之類的，馬斯多塔歸納為表演。需要日常的柴米油鹽醋這些都沒煩惱了，並且在可預見的將來中不會有危險，之後才會把心思花在這上頭。當然也有這樣的地方，例如王宮之類的，但是這種職缺排隊的人可多著，怎麼數都還不會輪到我的。再來隨著能力循序向上，最後階段當然就是完成自己人生想要做的事，成為自己想要成為的人。

當然，一個立志成為勇者的人，以他人觀點可能是提供安全的保障，但對勇者自己來說，已經是一種自我實現，完成人生夙願。

對了，我忘記提到那位馬斯多塔是誰了。這需要從我離開藥鋪的四個月後開始提起。

各位別忘了生活的每天都是由金錢所推動的。除了偶而在祭典中說唱故事外，我平常只能打雜工過活了。由於藥店並不是什麼粗重的工作，自然不用期待我會有什麼健壯的體魄。

還有，世界上也不是到處都缺磨藥粉跟稱藥的工人。我曾去王都中求職過，才發現這樣的工作少的可憐，更不用說那些人一點也沒有要把工作讓給我的意思。因此也不用指望我們這個都城旁邊叫卡拉斯特的小鎮，還有一個同樣的工作等著我。

衡量上述狀況，我只能在酒館忙不過來時去幫忙打雜。但這樣的時機經常和吟遊詩人賺錢的日子相互衝突，就像下賭注一樣，壓注在哪邊全憑運氣；吟詠故事時賞金有機會超越酒館跑堂的收入，但也有極大機會賺不到一餐的費用。但不管如何生活都是入不敷出的，早先的儲蓄及前老闆特別表達歉意的一小袋錢，很快就要用完了。

抱持著這心情，你可想而知我走在路上的表情是如何了。這種複雜的表情，最容易被擺攤的占卜師們盯上成為肥羊。通常占卜師們都會在卡拉斯特鎮外設攤，那裡有條三里長的路通往王都，也是到王城找工作時，必經之路。這條路據說沒有固定名稱，王都的人都稱卡拉斯特路徑。但由於沿路上有許多看似無人之處，卻突兀立著一個占卜師的攤位，因此鎮上的人戲稱「前途未卜之道」。有一天有官員突然想到要標上路名，在尋問鎮上的人之後，竟然信以為真，從此路標上就是寫著「前途未卜之道」。

走在「前途未卜之道」，經常可以聽到這樣聲音。「等等，年輕人我看到你的未來有一個重大的危機。」、「請等一下，你現在身陷絕境，而我可以幫助你。」、「快停下來，不然生死難料。」

通常我的步伐是一步也不會停的，彷彿他們喊的對象是我前面或後面的人那樣。尤其在這通往王都的路上，每個人都在懷抱希望與煩惱中，渴望一窺未來的奧妙。雖然他們抓住人性的弱點，但這就是他們賴以謀生的作法，他們也各自有著不同的苦衷。只不過如果真的如他們所宣示那般神奇，那乾脆當法師豈不是更好？但如果你真的這麼說，他們自會有另一套說辭了。由於在找工作的途中經常如此被騷擾著，我因此懷疑，這些占卜師雖然會察言觀色，但似乎對人臉的辨識能力很差。

「英俊小伙子！」身後冒出這樣的話。

我立即想到又是一次占卜師的拉客行為，決定不理他並按照自己原本的速度前進著。

「嘿！就是你。」我想這次的傢伙還真是不死心。雖然拉生意的甜言蜜語讓我稍稍滿意，但打擾到我構思中屠龍救美的故事，為此我心中些許不快。

沒想到更過分的事發生了，對方拉住了我，引爆了我的憤怒。

然而我轉一看，並沒有什麼占卜師之流的人，而是個只穿著長褲，看似乞丐的三十多歲人。但說是乞丐又誇張了些，黑色至肩的長頭髮並沒有很髒，褲子還算乾淨，或許說倉庫的搬運工人比較貼切。更不搭的是他左手拿著一面盤子大的銅鏡，依紋路來看無疑就是神殿中代表著女神的鏡子。然而就在我盯著鏡子看時，他手上的鏡子就像變戲法那樣，在轉手中又消失了。

當然，最危險的是他散發出來的氣息。看著他的眼神與氣勢讓我直覺得危險，「啊，呀。」本來要問候他祖先及家人的言詞，我此時此刻趕緊吞下肚。

「抱歉，我趕時間。」我換了口氣。

「我會彌補你的損失的，怎樣？我剛好想收一個徒弟。」

我直覺已經沾惹到了一個強壯的瘋子，「抱歉，我趕時間。」我後退了幾步再說一次。萬一等等局面失控，我已經有狂奔回鎮上的打算。

對方似乎看穿我的意圖，他一手平舉制止我後退，另一隻手則伸進褲子裡的口袋掏出一枚黃澄澄的東西丟了過來。

我接住一看，是枚像金幣一樣的東西，印著陌生文字以及貓頭鷹像。我一時不知如何是好，天知道這瘋子可能扔過來一枚假錢幣，然後做出怪異的要求。出乎意料外的是他居然轉身走了，留下了一句「如果你相信金幣是真的，後天這個時間再來這裡，有機會可以再領一枚。」

我一直看著他走向王都不見蹤影後，才趕快往回跑。我到了鎮上雷諾的金匠店，請他鑑定真假，這是我唯一能想到的了。雷諾老爹是個五十多歲胖胖的禿子，經常披著一件藍色的圍裙，看起來跟鐵匠沒什麼兩樣，可能因為這樣，他的生意非常清淡，雖然他是鎮上唯一的金匠，但稍微有錢的人需要金製品時，往往情願多走幾步路到城裡去。也因為這樣，他也接受銀器或銅器的製作，甚至是剪刀或菜刀。

店門口吊著一塊新的木頭，上面寫著「雷諾的金匠店」。原來的店招牌一直以來都是黃銅打造的，但大概被誤認為純金做成的，也屢屢失竊。大概被偷怕了，才改成木頭製的招牌。特別的是雷諾老爹一直以為自己受到了我老爸的恩惠，因此對我特別親切。

起因於離開藥店的前一年。雷諾老爹聽到一個長期幫迪恩斯公爵打造金飾的工匠要退休了，而且沒有繼承人。這消息讓王城的許多金匠對爭取這個機會躍躍欲試，當然城外的雷諾也心動起來，但他不像城裡金匠們那樣有著眾多的人脈，因此苦惱不已。

在一次日常聊天中，他居然把苦惱跟僅有點頭之交的我老爸說了，老爸信口開河告訴他，迪恩斯公爵家的總管跟他很熟，只要雷諾老爹跟他說是文森・斯萬推薦來的，絕對可以爭取到這門長期生意。

其實老爸只是想要炫耀自己人脈廣闊而已，他壓根不相信雷諾會真的跑去找總管，因為我後來問他公爵的總管叫什麼名字時，他就叫我滾開，當後來雷諾老爹拿著一大塊乳酪來道謝時，老爸不可置信地張開大口，不過很快他就恢復正常表情，並且跟雷諾說「看吧，我早跟你說過了。」

雖說我老爸是個吹牛王，但知道真相的似乎只有家裡幾個人。如果出身貴族，或許他會成為高明的政客。他在周遭親戚和鄰居的眼中是個勤奮工作的人，白天牽著馬匹出租，幫人拉車、騎乘或搬運，傍晚則在倉庫當個短時間的點貨記帳員；至於倉庫那邊的人都認為他有貴族血統，精通泰卡和薩蒙二種語言且懷才不遇。

小時候我也這麼認為，並慶幸自己有一個勤奮的父親。所以當我十五歲開始工作時便將所有薪水交給了他，他也規劃了一個願景，說要在王城中買棟像樣的屋子，讓全家脫離租房子的生活。

通曉二種語言是老爸常掛在嘴邊說的。他常說一些在王城中解救了迷路外國人的故事。這樣的舉動讓當初雇用他並看不起他的那些貴族都肅然起敬，聽到這樣的勵志故事，也讓我們這些家人與附近的貧苦民眾感到一種尊嚴與喜悅。

然而幻滅是在一次與老爸進城採購中。有個北方來的薩蒙人看起來似乎迷路了，我熱心地過去將他帶來，心想精通薩蒙語的父親，將會再現他故事裡說的那些情節，給予迷途旅人最親切的指引。沒想到他忽然發火並且離開，留下搞不清楚發生什麼事的外國人和尷尬的我。

後來我動搖了，我忽然想到父親、大哥以及我三個人如此努力，尤其是父親還兼了二個工作，怎麼家裡一直沒錢？慢慢才發現，老爸並未像其他馬伕那樣認真工作，大多數的時間他都騎著那匹叫提克的馬在逛街或訪友，晚上短暫的工作也十分輕鬆，盤點完後就是喝酒聊天。所幸母親去逝的早，她到臨終前都還相信老爸像頭牛一樣賣力工作。

至於家裡每個人拚命省下的錢，都被他拿去買個人的奢侈品或吃喝掉了。有一個冬天我凍到抖個不停，他則譏笑我缺鍛鍊體力太差。後來發現他裡頭穿的竟然是狐毛的短袖衣物。慢慢我注意到他吃的、身上穿都是相當不錯的質料，我才恍然大悟買房子的事永遠遙不可及，從此只將一半的薪水交給他。總之，這類的故事很多，我就不再一一介紹了。

至於有關貴族血統的事，我曾經問過遠在白河村的伯父。我問他是否看過曾祖父那幅騎馬的肖像畫，伯父不高興的說：「一個伐木工人哪有錢畫什麼肖像！」儘管如此，這依然無法撼動父親在周遭人心中的形象，他們只會認為這是一個不長進兒子，對勤奮且近乎萬能的父親一種妒忌式的詆毀而已。

在大哥離家後，我也失業了，不再有錢可以「規劃」的父親，居然到了王城，成為某個富豪的食客，而且還獲得相當的尊敬。或許，這在世界上也算是一種本事吧。

在介紹雷諾老爹時意外帶出自己的家庭，實非我本意。總之，因為陰錯陽差和雷諾老爹成了彼此可信賴的人，但這中間的曲折他個人是一無所知的。

我將這枚看似金幣的東西給他看，他說從未見過這樣的「金幣」，還問我是否介意破壞這枚「金幣」。

就在我點頭之後，他拿了個鑿子跟槌子，將這錢幣的一部分敲了下來，並檢視了硬幣缺口，確認是否摻雜廉價金屬；再走到火爐旁將缺角與其他金屑混合熔合，大概是要確定的金屬與金屑是屬於同一類的，之後他在煙斗點上煙後坐了下來。

「無疑的確實是金幣沒錯，黃金成色相當的高，比起我們的索利烏斯，金子含量更高。」雷諾老爹說完後，深吸了口煙。

索利烏斯是國內流通金幣，因為含金量太低，不僅鄰近國家不收，連國內很多商家也不收。倒是北邊的薩蒙杜卡特跟東邊的黑木之門杜卡特兩種金幣倒是很受歡迎。

「這是怎麼來的啊。」老爹問著。

說素未謀面的人贈送這答案，也實在太詭異了，所以我說「這是在前往王都的路上，意外撿到的。」

雷諾老爹點點頭，「可能是長途商人、盜墓賊之類的人遺落的。這麼多年我從未看過這種金幣，可能來自遙遠國度或古老年代。如果是古金幣的話它的價值還可能超過黃金重量本身。怎樣，拿去王都找學者鑑定一下。」

「這個嘛。」我搔搔頭繼續說著：「我最近生活費沒有著落，把它當作一般黃金就好了。」

由於我一再表示無意再繼續鑑定下去後，他依照我的要求兌換了相當的硬幣給我，這個數量，足以讓我過上一個月的生活沒問題了。接下來要思考的，就是後天要不要赴約的事情，畢竟金錢這種東西是永不嫌多的，更何況目前也不過暫時有飯吃而已。

然而我記得一句俗話，「憑空飛來的好事，一定有惡魔作祟。」又想到一個故事就是大野狼用沿路放著甜菜，小羊一路吃著就吃到大野狼家的門口，結果就是被撲殺了。這種寓言我可是銘記在心的。但同時我也想到，自己既沒有錢，身分也不重要，應該不需要如此大費周章的對待。

這兩種思維有如英雄與惡龍那樣在腦中不停對戰，就這樣後天到來了。

我比約定時間提早出門。一出鎮上沒多久，我就找個灌木叢隱蔽了起來。不知等了多久，才看到上次那位黑髮男子從王都方向走了過來。

不同於上次，他這次穿著藍白兩色的整齊服裝，還連靴子都有了，看起來就像城裡一個體面的人那樣。當他走到上次的地方附近，就找了塊大石頭坐了下來，接著從懷裡拿出了一本橘色封面的書讀了起來。

接下來的感覺就像在比耐力那樣，誰先有下一個動作就輸了，當時我是這樣想的。

時間就在一種奇妙的對峙中度過，不知不覺中他手上的書已經看一半了。正當我心裡準備宣布投降的時候，對方忽然把書合了起來，並起身向這方向說：「沒想到你這麼有耐性，我認輸，出來吧。」

這樣的說詞令我十分狼狽，原來他早就察知我躲在這裡，以致從灌木叢中站起來後，也不知怎麼回他的話。

「不過你還是來了，我以要信守承諾。」說完他丟了一個銅板過來，接住一看是上回的那種金幣。

「也許你會覺得很奇怪，有許多問題想問。」他張開雙手說著：「來吧！有問題就儘量問。」

我腦子一片空白，壓根沒想到什麼問題，但為了不被看扁，只好胡亂提問。

「你是誰？為什麼纏著我？還有打扮怪異。」說完最後一句我有些懊惱，我說的怪異頂多也只是沒有穿上衣而已，這樣的問題很蠢。於是我趕快補上一句，「為何要給我金幣，還有金幣哪裡來的。」

「就這樣？」

「目前就這樣了。」我回答。

「我是金，你可以叫我『馬斯多塔』。」他一邊繞著圈圈，一邊旁若無人的自問自答。

「為什麼要找你？在遴選的人之中，我覺得你是我這次弟子的最合適人選。」

「另外金幣的事情和穿著的事是一起的，目的就是要增加對方的好印象。至於上次的穿著，本來也是一套禮服，只不過在途中受到伏擊，被火球打中而燒個精光，只好找從死人中找到那件不算破損的褲子了。」

「等等。」我似乎想到什麼了。我頓了一下，才整理好思緒，「你說被火球擊中而燒掉了衣服，那你怎麼沒有受傷。」

「因為我是馬斯多塔。」他一副理所當然的樣子。

聽完他的答案，我已經知道他如果不是罕有的強者，就一定是超越我老爸的吹牛王，而且非常明顯就是後者。知道這點後，我忽然不緊張了。

「那金幣的事如何解釋？」我問。

「那是一種禮物。」他接著說，「你瞧，我們現在聊了這麼多天，已經比陌生人感覺更親近了。金幣，縮短了你我的距離。」他用雙手比了縮短的手勢。

「那選中我是我有某種超越常人的天賦或特質嗎？」我戲謔問著，感覺答案一定是會迎合我的話回答。

「你說的不對，但也算對。」他繼續講著，「由於我歷任徒弟皆有出類拔萃的天資，因此這次想要找不一樣的人。」

「至於評選的標準，就是觀察。我注意到了你的愛情，每一段暗戀都是無疾而終。即便女方對你有意思，你也因為顧慮太多而不了了之。。像你這樣連愛情都不敢勇於追求的人，不可能是自負、勇於行動的人，更不可能成為創新的工匠大師或革命者、英雄這類型的人。最終只能成為循規蹈矩的弱者，為世俗潮流所淹沒。」他繼續說著，「基於對你及其他人選十年的觀察，你被評為最合適人選。我很想知道，有像我這樣大能者介入，你的命運能改變到什麼地步。」

「那你有想過我不答應時怎麼辦嗎？」面對他既無禮又狂傲的口吻，我開始思索要湊出一些惡毒的句子，準備等一下要好好回敬他一番。

「當然有。」他舉起了右手，示意我注意看。此時似乎有許多看似扭曲藍色線條從手肘內竄出，發出嗞嗞的音響。

他用另一隻手指著五十步遠的大杉樹說著，「為了避免被誤會我是雜耍變戲法的魔術師，所以這次施法必需要有一定程度的震撼效果。」

說完他手揮向杉木上端，一道閃光從手中發出如雷貫耳的巨響。杉木就像被雷劈中的巨人一樣應聲倒下並著火。空氣中瀰漫木頭燒焦的氣味，天空中迴盪的打雷之後的殘音，警告我眼前的事絕非戲法。

我嚇到腿軟跌坐了下去，過了一會兒才囁嚅說著：「看來我別無選擇了。」

「不，你有選擇。跟著我或死在這裡。」

「那不是一樣。」我無力抗議。

「自願、被逼迫，換個想法心情就會不一樣了。」他答。

我則點點頭。之後，他忽然換了表情，就像個陽光般的青年，靠近並拉出我的右手再放上一枚金幣，囑咐我回家準備準備。面對著極大反差我無言。

我回到鎮上之後把金幣跟雷諾老爹兌換了一般錢幣，雷諾老爹在數完銅錢交給我後，接著把店門關好並掛上休息的牌子，他將手指放在嘴唇上示意安靜，然後小聲吩咐我跟著他到裡面的房間。

「小約翰，你是挖到寶藏了嗎？」老爹稱我小約翰，是因為這條街上還有一個老約翰。

「為什麼？」

「別裝傻了！你連續拿這樣的金幣來，不是有整箱的金幣是什麼？」

這麼一說我恍然大悟，我跑了這裡二次都是同樣的金幣，難怪他會冒出挖掘到寶的想法。然而如果他真的堅信這樣的念頭，就算老爹沒有惡意，傳出去了對我來說也絕對不是好事；相反的如果說把事實跟他說，他可能會覺得我有意欺騙他，感覺接下來也是壞事一樁。

忽然我想到一種說詞，這已經是我自己能在如此短時間內找到最好的藉口了。我將頭往老爹那邊移動邊將手掌放在嘴邊，小聲的說，「很抱歉上次騙了你。」雷諾老爹眼睛一亮，結結巴巴講著，「是、是、是挖到整箱金幣了？」

「不，其實就差那麼一點。」我說。

「這是怎麼一回事。」

「我認識了一個外地人，他說他找到埋藏的古金幣。他不想找熟人分享，於是找我幫忙，說好事成之後分給我一成，所以這幾個金幣是給我的證據。」

「外地人？什麼名字跟來歷啊，這種事一定要搞清楚。」雷諾老爹不僅眼中光芒消失，還用一種憐憫的眼神看著我。我想，他大概認為我因為缺錢，開始要上了別人的當了。

「對方表明大家都不要知道互相的姓名跟過去，搬完寶物後回去各過生活。我覺得非常合理，就這樣誰也沒有再問誰了。」到目前為止雖然對自己編撰的故事頗為滿意，但看到他擔憂的樣子，我便覺得欺騙他真是良心不安。我安慰著他說我既沒錢也沒什麼才能，應該不值得大費周章來設計陷害我，更何況我會警覺並臨機應變的。

老爹嘆了口氣，「唉，如果你當初能用心學你老爸的其中一、二項專長，現在就不會變成這樣了。」他這樣講令我好氣又好笑，但我也只能回他「千金難買早知道。」

他嘆了口氣，叮嚀要小心外，他便把金幣還給了我。我以為他不願意兌換給我，只見他揮手告訴我手上那袋銅錢不用還了。

雖然他受到我老爸的蒙蔽，但我也沒有坦白一切的來龍去脈，某種角度來說其實父子都是一個樣。看到他這麼輕易就受到同一家的兩人唬住。以我的觀點來說，雷諾老爹算是良善的。

接下來就是回到家把隨身而且值錢的東西打包好，而帶不走的東西就分贈鄰居了。當我把鑰匙歸還並結清房租時，房東一臉不可置信的樣子。畢竟在他心中，一個向來行為保守的人，忽然無預警說要出遠門，八成是被債主追債，或是已經在當地混不下去了，才會有的做法。

我想到第一次出遠門時無人送行，不免有些感傷，在此時此刻離去幾乎沒人知道。但我也知道八卦是流傳很快的，幾天之後可能半個鎮以上的人都知道我離開了，而且每個人都會有不同並且自認為是權威說法。這點我是確信的。

第二節　莊園的主人

我原來預計即將展開一趟遙遠的旅程，滿懷著一種浪漫跟悲壯。但是沒想到目的地居然走出王都北門就到了。這好比你聽到祭典的音樂才剛剛響起，祭司就上台宣布典禮現在結束那樣突兀。我們到達的地點是緊鄰於王都外，叫做獵手村的鄉下聚落。諷刺的是，我聽說村子裡沒有半個人是獵人。

金，現在該稱為馬斯多塔。他的住家就在獵手村的邊緣，是一座佔地相當大的莊園。他要我跟他走時，我覺得他看起來像是一個孤獨而四處流浪的法師；也有想到他可能是住在某個陰暗洞穴裡，策劃某種陰謀的巫師；或者是在杳無人煙的地方，過不食人間煙火的隱者。但是出乎我意料之外，他就住在王都附近的村落，過著富裕舒心的生活。

這莊園的主建築是兩層樓的大屋，裡頭有五十個房間之多。外圍還有七間小房子和馬棚與獸欄，不過最特別的是環繞著十五步寬的水溝，出入還要放下吊橋，儼然小型護城河。水溝外主要是小麥田，此外還有少量的葡萄園及豆子田。後面還有座橡樹林，是用來採集松露的。我曾問他大水溝的用途，馬斯多塔只說：「這是壞習慣。」

馬斯多塔向全莊園的人們宣稱我是他的遠房親戚，也因此我頭一遭被冠上「先生」的稱號。

但即使獲得了這樣的稱呼，馬斯多塔要我必須跟莊園裡的人們一起工作，他認為可以同時鍛鍊我的心靈與身體。末了，他囑咐一名叫費司特的大叔守衛為我導覽莊園，並吩咐廚子晚餐一定要準備他愛的藍莓派。

走沒幾步路，費司特忽然開口問，「約翰先生，您應該不是園主大人真正的親戚吧？」費司特忽然這麼說，讓我嚇了一跳。

「你看出來了啊。」

「不！我跟隨園主大人十六年了，從沒有聽他提過家人的事，也未看過什麼親戚來找他，所以我才會大膽推測。」

「你猜對了，其實我是被脅迫的。」我神祕的小聲說。

聽到答案後，費司特笑了起來。「我也是被脅迫的。」他這麼說。

「真的？」

「當然是真的，我是受到命運的脅迫才來到這裡。當時地主收回了我的田，我走投無路，幹起了盜匪的勾當。」聽完這段話，很難想像如此和善的面貌，以前也曾經面目猙獰過。

費司特說莊園裡的人總是親切又有活力，這要歸功於園主大人，也就是馬斯多塔為人極為慷慨的緣故。通常在莊園裡工作的人，過的比佃農還悲慘。他們必須幫主人工作，才被允許租借一小塊地耕種。更誇張是有的甚至連耕地都沒有，幫主人耕田只換來三餐溫飽，簡直跟奴隸沒兩樣。但在這個莊園工作的人就幸運多了，雖然他們也必須幫莊園主耕種，但除了允許承租一小片田地外，他們每個月還能領到一點雜糧、或是布匹，有時候是幾個銅板。雖然不多，但已經足夠讓其他莊園的人感到不可思議了。最重要的是收成之後，馬斯多塔會將所得的一半分給大家，這讓他們的待遇一舉超出普通農夫，（這些農夫還要繳納一半的稅給國王，但莊園卻免稅）更不用說是佃農了，因此大伙在田裡特別有朝氣。

馬斯多塔大方的作法曾經引發附近地主們憤怒和領主擔憂，認為他破壞了現有的體制，將會造成其他莊園的騷動。

不過在馬斯多塔帶著豐富禮物拜訪領主並保證不擴大他的莊園後，事件便告了一段落。領主還警告其他地主們，不得再去打擾他的新朋友。馬斯多塔也會贈送一些農產品或財寶到領主府上，慶典時也經常舉辦豪華宴會招待領主，領主因此在領地內的眾多地主和豪農中，和馬斯多塔特別投緣。

由於領主的安全承諾，因此莊園的守衛人數極少，一直維持在十個人左右。因為真有什麼需要，領主會派人過來。此外，太多的守衛也會讓領主擔心。馬斯多塔這麼說。

費司特說在馬斯多塔剛接手莊園時，一口氣用金幣付款的事已經眾所皆知。另外與這件事齊名的是，莊園新主人除了接收原有在田裡工作的可憐人外，身邊居然沒有半個隨從。在土匪們眼中，這樣好比一隻肥羊不僅站在平原中間，而且被綁在樹幹上而不能逃走。要不是顧慮就在王都旁邊，盜賊們早就爭先恐後的到來。

然而就在許多眾土匪群都在彼此觀望之時，費司特的老大托托斯，毅然決定率先突擊這裡。

他們一行四十一人衝進莊園時，莊園裡的上下都嚇呆了，雖說莊園沒有任何自衛能力，但大白天在王城附近就幹起這樣的勾當，實在大膽。費司特在描述時，語重心長。他說那位老大的決策並沒有錯，連園主大人事後都稱讚盜賊首領具有將領的資質，行為完全符合兵法中大膽與出其不意原則。

「然而最大敗筆是敵我雙方相差太懸殊了。」費司特苦笑著說出這結論，並聲明這是馬斯多塔說的。

當時莊園的人都站得老遠，馬斯多塔一邊人走向盜匪群，一邊大聲對莊園裡的人喊著：「如果我死了，大家就逃命吧。」但是愉快的笑容卻好像在暗示：我等這機會很久了。

「當時我就有不祥之感。」費司特講到這裡時，表情似乎在暗示那個叫托托斯的老大不聽他的話那樣。

托托斯要馬斯多塔交出所有財寶換取活命，馬斯多塔則表示，現在投降可以讓盜賊們成為莊園守衛。

「你活的不耐煩了嗎？開什麼玩笑！」費司特賣力模仿著當年老大的聲音。

「我正希望你這樣回答，不然我還真的不知道要怎麼出手。」然後費司特又扮起馬斯多塔了。

大凡成為盜賊領袖的人，首先就是要技壓群雄，托托斯擁有一夥人之中最好的劍術。在盛怒之中托托斯的劍比以往更快，幾乎無預警的方式朝向馬斯多塔的頭刺過去。

「後來呢？馬斯多塔，你們園主拔劍了嗎？」見識過他的魔法後，我好奇起他的劍術。結果費司特只是神祕的搖搖頭，停頓了一會兒後他覺得已經吊足我胃口了，才慢慢伸出左手的中指和無名指來。

我跟著伸出中指和無名指，納悶看著費司特。他活靈活現演了起來，「園主大人就這樣夾住了刺向他頭部的劍。」然後自以為自己就是馬斯多塔那樣露出馬斯多塔式微笑。「接著園主大人停了一下，確定大家都看到這一幕後，他反手折斷了劍，用手指夾住斷掉的劍身刺進托托斯的胸口，擊斃了他。」費司特演了反折刺殺的動作，而且在「擊斃了他」四個字還用了加強的語氣，好像這個招式是他自己使出的那樣。

雖然我早已見識過他的閃電，但費司特說起這件往事時，依舊使我震驚。「那你們被殺了嗎？」才開口我便發現這是個蠢問題。

「約翰先生，您不要開完笑了。難道您真的認為我是鬼？」費司特繼續說道，「大夥當時都嚇呆了，有幾個人還搞不清楚發生什麼事，衝動下拔出劍後卻不知道怎麼辦。」

後來馬斯多塔在盜賊群旁邊扔了二個火球，盜賊們才彷彿清醒地將手上的兵器丟掉。

「聽我說完你們就可以走了。」馬斯多塔這麼說後，當時包括費司特在內的所有人才如釋重負。

「不願意留下的人發三枚金幣，願意留下當守衛的，我會付薪水。」馬斯多塔說完後，大部分人都嚇到想要趕快離開，只有費司特及少數人留到現今。「留下來的人，後來得到五枚金幣的獎賞。」費司特頗為得意。他說至今都沒有盜賊再打這莊園的主意，可能就是被放走的這些人在外頭的宣傳效果，他相信這一切都在馬斯多塔的計算中。

以我用吟遊詩人的觀點，費司特描述故事的表情，已經充分顯示了他對馬斯多塔的崇拜。

「你注意到護城河了嗎？」費司特形容大水溝是護城河，我則點點頭。「後來園主大人親自設計防禦工事，就在挖好護城河要砌圍牆時，園主大人忽然喊停。」

「為什麼呢？」

「然後園主大人說這樣下去就不得了了，有了城牆就要大量守衛，有了守衛就會訓練成戰士，之後不免和領主打上一仗。等到打敗領主，又要和國王大幹一場，那最後不就和上次一樣越鬧越大了嗎？不行。於是園主大人就下令停工。」費司特說著，彷彿為了他的園主大人未能成為國王，而惋惜不已。

我們走到莊園旁的樹林時，才注意到馬斯多塔所擁有的這片樹林較莊園的耕作地大上許多。馬斯多塔禁止莊園的人入內砍伐，只允許他們在森林中檢拾木材或採集食物等無害森林的工作。我們從樹林聊到了家庭，再到費司特他進莊園後娶妻生子，很快一天就結束了。

總之，日落後回到大宅時，已經有歡迎宴在等著我了。我不再擔心馬斯多塔要謀財害命而鬆了口氣，宴會上的菜色也勘稱有生以來最棒的，但由於第二天後就非常勞累，我無意將歡樂擺在痛苦之前，恕我不再對宴會內容贅述了。

第二天一早，管家強尼便請我起床勞動了。「約翰先生，園主請您起床務農了。」這位中年大叔有禮貌的態度跟莊園的其他人一樣，但內容卻沒有妥協的餘地。
「約翰先生，鐮刀應該這樣用。」
「約翰先生，請您將乾草推到右邊的空地。」
「約翰先生，您沒事吧，推這種犁不用力是不行的。」
雖然莊園的人都使用敬語，但卻又不留情面地指導與使喚，幾乎讓我錯亂。不過經過二個月的勞動，雖然比不上莊園工人們的體格，但感覺自己體力變好了。馬斯多塔似乎也是這麼覺得，有天他說今天不用到田裡，叫我隨他去樹林裡。
我一早起床時，馬斯多塔已經在門口等了。他牽了一隻白色豬，豬身上帶著一個大黑斑。另外還丟個木編籃子給我，我想這可能是一種魔法儀式所需要的道具，畢竟他說要收我當弟子，也該教些什麼或做些什麼吧。但我什麼都沒問，他也什麼都不說，就這樣無言的走著。我當時在想，心靈相通應該就是這樣。
我們漫無目的走著，看起來好像是豬在帶路那樣（後來發覺確實如此），我想到這隻豬待會就要成為某種儀式的祭品，現在卻一路嗅著地上，有如在尋找自己葬身之地那樣，不禁為牠的無知感到悲哀。
驀地，豬隻激動了起來。彷彿知道地下有寶物那樣一直挖，緊接著馬斯多塔拉住繩子，叫我把地下的東西取出來。我一看原來是顆拳頭大的白松露，這才知道市場上買的松露，原來是這樣來的。馬斯多塔聽了則大笑，直說常識有待加強。

他說曾經見過一位貴族，心血來潮兒問子們說麵包的小麥怎麼來的，結果一個說是倉庫來的；另一個聽到答案後還嚇了一跳，原來他一直以為農夫種的作物是麵粉。馬斯多塔說完，豬隻似乎又找到松露了，讓他大為高興。馬斯多塔說，等天下太平的時候，這種美味的蕈類就要變貴了。為什麼呢？因為和平將使人口增加，人口增加就需要更多的農田，而更多的耕地就需要砍伐森林，如此將導致使松露的產量減少，最終變成一種稀有的食物。

看著他談一些我根本遇不到的遙遠未來，我提醒他應該要多注意眼前的事情。

「也對，我們應該繼續松露的採集。」

「不對，你今天不是帶我來樹林裡舉行魔法儀式或教我什麼嗎？」

「喔喔，我是看你最近辛苦了，帶你來這裡散步放鬆一下。」他將豬隻綁好並把籃子放地上，「不過既然你覺得應該要現在開始，那擇日不如撞日，就是今天吧！」

馬斯多塔說要進行「魔法開導」，他叫我要站好並且放輕鬆，接著他舉起雙手，開始對著我講一些聽不懂的語言，我以為很快可以結束，但最後我一直站到有點腳酸時，才又重新聽到我能理解的話語。「好了，結束了。」馬斯多塔說。由於小時候聽了許多魔法師的故事，不免對這個「魔法開導」儀式充滿了神祕的想法，但結果不僅簡陋，還有一種被欺騙與開玩笑的感覺。

關於這點馬斯多塔認為，就因為多數人不瞭解魔法，所以許多法師在對普通人施法時，特意加上神祕的布置與複雜的儀式，讓人們對於魔法產生敬畏。好比兩杯同等可口的茶，一杯用普通的木頭杯子裝著，另一杯倒入精美的銀杯中，在不知情的情況下你會覺得後者比較美味那樣。

魔法開導是一種啟發魔法能力的儀式，但和我想像中的魔法儀式需要祭品、符文和神祕房間的觀念大不相同。雖然說每個人都具有不同的魔法資質，但如果沒有一個法師對你進行魔法開導，那你終其一生將與魔法無緣；相反地任憑你魔法的資質再怎麼拙劣，只要受到了開導，那你起碼也能憑空擦出一些小火花。

馬斯多塔向我解釋著魔法的概念。法術是來自於人類渴望周遭自然現象，能夠服從自己意志而來。這股力量的來源便是心靈的力量，或稱為精神力。缺乏魔法開導的人，其精神力如同關在籠子的野獸那樣，任憑如何兇猛也無濟於事。

馬斯多塔又補充形容魔法就像要過河的人。然而就算你具備優良的法師的資質，如果沒有人將橋樑放下，那你永遠也不會到達對岸。而那個為你架設橋梁的人，就是某個法師。

這樣解釋或許你們還不太懂，但沒關係，其實當時我也是一樣的。這讓馬斯多塔跟我解釋完後，掩面嘆息我的愚魯。我曾經打岔問著，如果每個習得魔法的人都必須有人對其進行魔法開導，那第一個法師是怎麼來的。馬斯多塔的回答是：「很好。我也年輕時也苦思過這個問題，而且沒有結論。找出解答就是我給你的第一個任務。」在之後的日子裡，如果他無聊或要尋開心，就問我找到答案了嗎？或向人聲稱我至今連第一個任務都未完成。

既然是自然現象，就有能力所不及的事情。在這之中最讓人誤解就是讀心術了，沒有一種魔法能夠立即聽見他人內心正在想些什麼，即便是茱莉安女神也不行；但我們卻可以透過對某人長期的了解，猜出他腦袋中可能在想些什麼。

想到哪一天如果我的著作流傳到北地以外的地區，異邦人可能對我描述的神只有所不瞭解，我在此簡單的補充，雖然信眾不若以往，但茱莉安女神曾經是北地諸國最普遍的信仰，一個同時掌握著生與死的女神。祂有著兩種性格卻並容在一個精神體中，分別是掌握著生之力量的茱莉安與操控著死之力的茱莉安娜。

神話記載著祂們原來是雙胞胎，但有一次茱莉安娜欺騙茱莉安，兩者靈魂一起離開身體。靈魂離體後茱莉安娜轉身摧毀茱莉安的身體，魂魄無處可去的茱莉安於是與茱莉安娜爭奪同一個身軀。由於兩者同時到達這個軀體，因此體內存著兩種靈魂與性格。這兩個神靈爭著要主控身體並壓抑著對方，但通常互有勝負。所以生育、豐收、喜慶皆為茱莉安女神降臨所賜；反之各種災難都是茱莉安娜女神現身後的懲罰。

讓我們再回到魔法的概念。對於法師憑空變出黃金的說法，馬斯多塔斥為無稽之談。他說只有魔術師才會這樣做，因為一切皆是障眼法。

當然一個本領高強的法師，是有能力將一片木頭或一塊石頭，改變成人人喜愛的黃金。但這種改變物體本質的法術所耗費的能量極大。馬斯多塔說，與其耗費一天將木塊改變成金磚，那不如去劫掠一座城堡的金庫，付出更少而所得更多。

至於改變天氣也是一樣吃力不討好的事情。馬斯多塔說這種改變，需要影響到整個世界的天空。難道只是為了得到一些雨水，就要耗費了足以摧毀一個城市的魔力嗎？別鬧了，老兄弟。

最後一個當然就是關於醫療的法術。許多人認為，魔法師只需要將雙手放在患者的身上，需要治療的地方就會散發著光芒，然後病患就痊癒了。馬斯多塔說，有這種事的話不要懷疑，在你眼前的無疑的是一個詐欺師。

醫療法術無疑是非常高等的法術，但同樣地治療所花費的精力與治療的成效相比，相當不成比例。此外，病人本身的其實也是一個影響因素。馬斯多塔自稱曾經讓雙腳全斷的人完全再生。但這雙全新的腳並非是由魔法所組成，魔法只是激化了身體原有的再生能力，並且讓這種再生能力以極快的速度發生而已。馬斯多塔說那傢伙最後雖然把雙腳長回來了，但那個虛弱又可憐的人，就像受到重傷還要一口氣生了雙胞胎的孕婦一樣，因為損耗身體甚巨而一命嗚呼了。

由此可見，為什麼大部分的魔法都使用在攻擊上面？因為讓人恐懼的成效立即可見。至於我們很少聽到法師澄清這些事情，馬斯多塔的看法是：「讓那些不懂魔法的人，能對這種高貴職業存有敬畏之心，我想沒有一位法師會覺得是不妥的。」

至於魔法的派別，主要是咒語派和咒印派。咒語派的歷史源遠流長，幾乎和魔法同時誕生。咒語其實就是古代的魔法語言，就像你在家裡喊自己的媽媽，她聽到了你的呼喊，就會過來那樣。但有許多法師唸著咒語卻不通魔法語言，就像你說出「要吃一顆蘋果」，雖然你最後確實得到了蘋果，但你只是背誦別人教你發出音節，完全不知道自己在說什麼。

咒印派則是起源於約五百年前，由溫斯特大師所創。就像有時候我們互相溝通時，會比手畫腳那樣。咒印派便是用手勢來代替魔法語言。據馬斯多塔的說法，大師溫斯特注意到念咒語用到的手勢，他加以研究引用，因此開發出不用念咒語的咒印。好處是施法時無聲且快速，用來暗殺他人時，特別具有奇襲的效果；但也如同我們很難僅靠手勢，傳達許多複雜的意思。咒印派另一個缺點，則是能使用的法術總類相對較少且單純。

附帶一提的是馬斯多塔本人便是這個派系出身，溫斯特大師就是馬斯多塔的老師。但這個派系後來在普隆達尼亞的圍剿、以及教派內鬨而展開的血拚，這兩次的浩劫讓他們的精英幾乎死傷殆盡。

馬斯多塔本人則精通咒語及咒印。他研發的法術施法時間較唸咒更短，但卻同樣博大精深，而且更有威力。這是他自己說的。

由於他也曾說過，沒有最強的法術，只有最強的法師。但他又聲稱自己的方法優於原來的派別，不是自相矛盾嗎？但我可不敢這樣跟他說。

此外，馬斯多塔所說想要成為一個生活上的強者，還是有許多非魔法的東西要學。首先就是「認識自己」，這看似簡單的東西其實並不簡單。馬斯多塔說唯有真正認識自己，才能了解你到底想要什麼、日子應該怎麼過。

其次是觀察和分析。籍由對整個社會及周遭人們的觀察，而增加對人類這樣生物的了解。再籍由你從「認識自己」得到的經驗，則你便能夠真正認識別人。但馬斯多塔也說這論述存在著例外。譬如妓院裡的老鴇，便僅僅只需憑藉觀察與經驗，推測客人的個性。但這種閱人無數的歷練，並非一般人所樂意經歷的。

最後是歷史了。諺語雖說：人類唯一從歷史上學到的教訓，就是人類從不曾在歷史中學到教訓。馬斯多塔則認為，雖然人類不會記取教訓，但少數以史為鑑的人，終將成為人群中的智者。

他說的三項，我只對歷史有興趣，那是基於吟遊詩人對說故事的需要。不過當馬斯多塔說教授這些額外知識，要另外收二個金幣時，我便拒絕了。想到他已經如此富有，卻還企圖將我身上貴重的金幣取走，這樣貪婪的人怎麼會是一代大師呢？

對於當時目光淺短的決定，我後悔了。不過那是多年以後的事了。所幸馬斯多塔的宅子內藏書十分豐富，才稍稍彌補了此缺憾。

然而學習魔法是第二天才開始。通常採集松露的日子是馬斯多塔的休息日，其實主要目的就是在樹林中漫步，藉由漫步過程中他可以好好沉思，再經由思考與自我對話達到舒壓的效果。自那之後他很少找我一起採集松露，因為我是「敗壞興致的傢伙」。

馬斯多塔先問我是否要學古代魔法語言，他看我猶豫了，於是說：「懂了魔法語言不僅知道咒語的真正含意，許多法師相互交談時也常用。甚至可以和召喚來的東西聊聊天，聽聽人世間以外的閒言閒語。」

「我還是做一個聽不懂自己在唸什麼東西的法師好了。」我這樣的回答，再度導致以後悔恨不已。撇開馬斯多塔的話不說，起碼就不會把咒文記錯。當然，如果你們其中也有人是法師的話，就會知道唸錯咒文是一件要命的事情。

我第一個被教授的法術是空氣的魔法，馬斯多塔特別提醒要我把咒語背熟一點。這個魔法是藉由施術將空氣壓縮，再投射出去。施法者能力越強，壓縮的空氣越多，投擲時速度越快，破壞力越大。馬斯多塔示範這個魔法時，用壓縮空氣將一個小樹幹擊斷。由於它並不華麗，與我心中的魔法模樣相差甚遠，我在看了馬斯多塔示範後心裡抱怨頗多。當然不只是我，許多法師也鄙視這個魔法，認為它既缺乏視覺上的效果，也無驚人的威力。馬斯多塔又強調一次：「沒有最強的法術，只有最強的法師。」

後來我花了五個月，才擊斷同樣尺寸的小樹幹。馬斯多塔說，「以你的資質已經算是快的。」我以為這樣的評論是不客觀的，事實上我只用了二個半月。如果各位想到我早上還要下田，只剩半天能在樹林中練習的話。

晚上時光我通常在書房中渡過。馬斯多塔的書房是由五個房間構成，就是佔了整個二樓的五分之一。我最喜愛的種類是歷史和魔法知識，馬斯多塔說許多法師覺得那是無用的東西。當我問馬斯多塔看法時，他只淡淡回答一句：「不然那些書怎麼會在架子上。」

各位不要誤會魔法知識類的叢書，能夠增進你的法力或賦予你新的魔法技能。如果你的目的是這個，它們被歸納為「魔法技術類」。你應該離開我看書的座位，然後走到對面。從左邊第三櫃起一直到房間牆壁為止全部都是，我相信你必能獲得滿足。

「魔法知識類」主要在講解各式魔法種類介紹及其發源、各個神話考證和解析、有名的法師傳記及軼事還有法師們寫的冒險紀實等等。雖說這對我往後的實戰毫無助益，但我在述說故事時能夠引經據典，這些書功不可沒。

話說回來，我在成功的用空氣的魔法打斷樹幹後，便請馬斯多塔來樹林中驗收成果。我告訴他，我覺得自己應該有資格獲得一把魔法之杖。

「什麼魔法之杖？」

「我想如果是火焰的魔法之杖如何？」

「哪需要什麼魔法之杖？」馬斯多塔依舊面無表情。

「法師手持法杖就像劍士手握寶劍那樣自然啊。」

「那你又看過我拿過法杖了？」馬斯多塔這麼一說，讓我一時語塞。確實來的這段時間，從沒看過他有什麼魔法杖。我看著馬斯多塔露出了微笑，知道他又要發表異於世人的觀點。但說真的，我並不排斥。

馬斯多塔蹲下後，用手指在地上畫了一個菱形。他指著菱形中間寬廣的範圍說著：「看看這圖案，左右兩邊都非常細小，但中間較寬。」

「沒錯！」我附和著。

他指著菱形中間範圍，「魔法資質平庸的人是最多的。」他接著手指向左方移動，「魔法天賦愈高的人愈少，菱形左方尖端，代表人數麟毛鳳角。」他停了一下確認我應該了解了，看著菱形右側，「相對的，資質愈差勁的也愈少。完全無魔法資質的人和千年一遇的法師一樣，可遇而不可求。」

「那菱形中央上下兩個尖端怎麼解釋？」我臨時想要作弄他一下。

馬斯多塔苦笑著：「這兩端就是像你這種，即平庸又無聊的人。也相當稀少。」他反諷了我一番後接著說著，「所以重點來了。那就是多數的法師都是平凡的資質，等他們的法力小有成就之時，已經垂垂老矣。年輕時輕忽體能的鍛鍊，加上歲月所帶走的健康，他們通常此時或多或少行動已經有所不便了。因而一根枴杖就是他們最好的朋友。」

「這世界充滿了許多知其然但不知其所以然的人，所以許多無知的年輕的法師們，也仿效他們的前輩，拿起柱杖來了。」馬斯多塔看了我一眼，彷彿在暗示不學魔法語言的心態，就跟他們歸為一類。他又繼續說著，「你仔細想想，如果一個法師離開了一根木頭或金屬條便無法施法，那豈不是意味著木頭跟金屬比法師強大。如此這個頭銜還有什麼令人敬畏的？」

他接著說，「但現在許多人不明所以，反而視不拿法杖的人為異端，而用『無杖者』稱呼他們。」

「那我也是無杖者囉，馬斯多塔。」我指者自己的鼻子。

「約翰。如果你不想被這麼稱呼，只要隨便拿根木頭就行了；當然，如果你講究一點，大可弄把華麗的魔杖。不可諱言確實有些知道原因的法師，為了避免無知人們的猜忌與漫無止境的詢問，也拿起了所謂的法杖。」馬斯多塔微笑者接續，「不過一般人皆認為無杖者比起同等級的法師更邪惡，同時也更強大，雖然這是錯誤的觀念。」

「邪惡？這樣不是會惹人厭？」我這次用詞儘量謹慎，深怕發現自己站在正義的反面，這該如何是好？。

「當然不是，所謂邪惡是指相對的，還沒有到達做壞事的地步。真正有心為惡，跟手上有無魔杖根本毫無關係。」聽完馬斯多塔這樣解說，我如釋重負地鬆了口氣。

聽馬斯多塔這麼說，我想起曾經在晚餐中詢問他，管理莊園要注意什麼事。馬斯多塔回答我，「恩德與恐懼。恩德使人樂於效忠，恐懼使人不敢肯叛。」當我問如果只能選一項呢？「當然是恐懼。人們習慣在危險時背叛恩德，卻因恐懼報復而不敢背叛。」這段談話讓我想，到萬一真的遭遇對手，哪有時間讓他感受恩德，恐懼無疑是最佳選項。因此會讓人聯想到邪惡的無杖者，無疑是不錯的。不過馬斯多塔可能認為我為了模仿他而做此選擇。

因為他看起來有些開心，可能我的決定合乎他的胃口。馬斯多塔說要教我一個最強召喚咒語。

「最強召喚咒語？可是我才剛入門，是不是應該從低階的開始？」我問。

「召喚術我就只教你這一個了，約翰。因為我是最看不起使用召喚魔法的人？」

「這又是什麼原因呢？」我知道一定有合理又出乎我意料之外的理由。

「你看過別人打架吧！」馬斯多塔問完後，我點頭表示看過。「那你看過打輸的人，找來壯漢幫忙的吧？」馬斯多塔一說完，我立即頓悟。其實我的領悟力是很強的。

不過他依然繼續下去。「此外召喚來的魔物強弱，和施術者的本領無關。召喚對象可能來自於施術者的老師，甚至是老師的老師與幽界訂的契約來決定的。此外，這樣的另一層涵義就是施術者的能力，遠遠不如訂契約的這些人。」

這些日子來，我經常聽著他各式各樣的論述，不覺得佩服起來。我忽然想到自己此刻的表情，可能跟費斯特提到園主大人時沒有兩樣。當我自以為充分理解時，沒想到還有。他接著說，「與超越自己的意識體訂契約，總要付出代價；跟不如自己的意識體訂契約嘛，你自己都打不贏的對手，叫他們來做什麼？」

馬斯多塔講完後，我發現完全命中核心，真是妙不可言。不禁噗哧的笑了出來，他也跟著笑了起來。等我們笑到夠了，馬斯多塔才警告我，「這個咒語一定要在生死關頭才能使用，否則我絕不饒你。不，是你必死無疑。」他這樣講，我不禁打了個冷顫。

馬斯多塔把咒語唸得很慢，共二十二個音節。他問我記住了嗎？我尷尬地點頭。

「別鬧了，約翰。人類在這樣情況下能記住七個音節就不錯了。」他接著拿出了一條項鍊，項鍊中心有一塊皮革，咒文的拚音方式就在上面。「記住，非緊要關頭使用會喪命。」

他這麼說，我當時想到書上描述過一種絕望的召喚術。在咒語結束後，來自幽界的遠古惡魔，古多雷吉達將現身。古多雷吉達將會無差別地摧毀方圓數里，包括施術者在內的所有生命。我一想到這裡，便決心不理這項鍊。我之所以不想理它，是因為馬斯多塔已經幫我掛在脖子上，還命令不准拿下。「這是一份禮物。」他說完這一句後拿起一根棍子，原來禮物也包含了一套劍術。

馬斯多塔傳授的劍術非常華麗，甚至稱為劍舞也不為過。馬斯多塔提醒，不同於終極召喚咒的是，這套劍術用來對付一、二個無賴還可以，但如果遇到真正劍士，最好溜之大吉。雖然他這麼說，但這劍術對我意外有用。我經常拿它作為早上的熱身操，偶而在費司特他們面前施展一下，還會引來掌聲。我猜馬斯多塔並不知道這件事。

當然之後我們便進入下一個學習單元了，就是火的魔法。

我對火的魔法特別有感覺，可能來自於小時候的故事中，魔法師的手總是像火把一樣帶著火焰。此外，我還記得手上冒著火焰那一刻的激動，不輸給當年暗戀的艾薇兒，忽然跟我打招呼那樣。

然而，對於火的魔法學習過程，難度超出我的想像。我施術過程並未如同空氣魔法那般，威力能隨著練習而與日俱增。火的魔法在施展時成功或失敗，有如擲骰子那樣憑藉運氣。馬斯多塔只說多練習，才能掌握要訣。

其實火之魔法本身並非由施術者本身噴出火焰，而在於施術者使用魔法，讓大氣中可燃的一種成分保持柱狀並燃燒。火柱的距離與大小，依施術者能力而有所不同。至於火球魔法，則在壓縮這種可燃的氣體，將其點燃並投擲出去。

高明的法師還能透過變化與組合，讓所施展的法術更具威力。馬斯多塔曾示範一次阿爾薩斯噴焰術，這是由著名的大法師阿爾薩斯所創。他用冰系魔法將可燃的氣體壓縮並凍結成液態，再用火柱魔法的概念施展開來，形成一種巨大及遠程的火焰，打破了火柱——近程/火球——遠程的概念。至此我才了解到為何馬斯多塔為何先教授空氣法術了。

我也想到如果有非魔法人士問起，「你一直在說的可燃氣體是什麼？」，其實我也不是很懂。為此我特別翻閱那些對我來說十分艱難的書籍，查出它的魔法語唸做「沙索斯」，佔大氣的總量約四分之一。當然也還有別種氣體可用，只不過沙索斯是最普遍的一種。但如果你們還想知道的更多，恐怕這已經超出我的能力外了。

由於火焰法術施展的成功或失敗，不是我所能掌握，因而挫折感極大。那天我去找馬斯多塔時，他正好在打造一個馬蹄鐵。他告訴我這就像傳授打鐵技巧一樣，他可以告訴我製造流程和注意事項，但對於每一鎚敲下去要花多少力氣，這種是很難說明，唯有自己方能體驗。

聽完他的話後我才會意到，有些事情的掌握只能存乎一心。從此晚飯後我也會繼續練習，終於成功率大有提升，但這又過了快要一年了。學魔法是相當耗費時間的，我注意到如果你不是無憂無慮，哪來時間專心學習魔法。難怪馬斯多塔會說這是「高貴」的職業。

當然還有另一種職業，那就是貴族們與大地主，通常他們過著舒服的生活並非他們有卓越的功績，單純只是出生對地方而已。小時候我對這樣的生活非常羨慕，但長大後我卻十分厭惡，因為我知道他們華麗的背後，是吸取許多人民血汗而來。

但是命運總是喜歡與人開玩笑。就在我到了這莊園一年多後，我居然開始過著兒時所嚮往的生活。看著田裡的人辛勤工作的成果，成了每天在大宅子餐桌上的豐盛餐點，我反思到任何出身貧窮而且有良知的人，是應該對這樣的生活坐立不安的。我也了解到馬斯多塔的慷慨背後，是一顆良知的心。不過，馬斯多塔也曾經傲慢地說過，「除非遇到更強的對象，不然全世界的金幣基本上都屬於我，只不過是存放在不同地方而已。」想到這裡，我忽然很難為他大方的行為下結論了。

成為莊園代理人的由來，要從那天馬斯多塔離開說起。那天一早起床後，他並未如平常那樣共進早餐。我在用餐完畢後，才問起總管強尼馬斯多塔的事情。

「園主他出門了。」強尼面無表情說著。

「那他去哪裡了。」我問。

「園主從不交代去向，我們只要做好自己的事，莊園就能正常運作。」

正當我準備到田裡時，強尼開口了。「約翰先生，您不用下田了。」

「發生什麼事了嗎？」

「園主曾經交代，如果他不在時由您代理他的位置。」

「那如果我也出門了呢？」

「那就由在下督促大家盡忠職守。」強尼這樣由答。

我靈機一動，想要慰勞莊園裡的人，雖然他們已經是在慷慨的園主旗下勞動了。

「晚上時我想烤幾隻豬宴請全莊園的人。」

「遵命，約翰先生。」強尼鞠個躬。

「當然是用馬斯多塔，我是說用園主名義舉辦。」

「如您所願，約翰先生。」強尼又欠了欠身子才離開。

有時侯我會想到馬斯多塔是到哪裡找來這樣無趣的人，但他做事的一板一眼的確使人佩服。

當晚，大宅前除了兩頭烤豬外，還有布滿兩張長桌的各式麵包、乾酪、燉菜、雞肉派及多種水果派。一般人的前頭擺著牛奶，而我的桌前是放了一壺我和馬斯多塔最愛的特製葡萄酒。這種酒是用在寒霜中收穫的葡萄釀造的，它比一般葡萄酒更甜更可口。

我看到大家都吃的很高興，連總管強尼也露出罕見的微笑。後來費司特溜到我旁邊，建議著說如果有酒就更棒了。我恍然大悟，吩咐抬一桶麥酒上來，還下令十歲以下小孩可以領一串葡萄乾。我數一數，馬斯多塔的莊園包括大人小孩一共有四十七人。

我在宴席中話不多，除了輟飲葡萄酒外，欣賞大家愉快的樣子也讓我非常滿足。雖然我無法宴請所有的貧苦大眾，但今天就由這四十七人代表他們了。我抓住了宴會的最高潮，舉杯高呼著「祝園主大人長命百歲！」大家也舉杯同聲祝福。這場宴會，一直舉行到月亮高掛在半空時才結束。

第三節　藍月之城

莊園代理人的日子十分悠閒，早餐後我就在莊園裡巡視著，下午依然到樹林裡練習法術，晚上則在大宅裡看書。然而幾天過去了，馬斯多塔一點消息也沒有。總管強尼也總是那一句：「只要大家盡忠職守，一切都能順利運作。」

唯一有消息的就是費司特，他說另一位守衛阿貝魯看到馬斯多塔在剛天亮時，就騎馬向北方奔去。我問消息確實嗎？他說就是阿貝魯幫園主大人把馬牽出來的。

我發現大家對馬斯多塔的行徑早已經習以為常，反而是這次居然在莊園裡停留了一年多，這才是反常。馬斯多塔以前大半的時間都不在這裡，以致有些莊園的人認為，馬斯多塔一定在其他地方還有兩、三處莊園需要管理。

後來，我發現巡視莊園沒有太大的意義，也沒有人教我要如此。只因為被冠上了「莊園代理人」頭銜，才覺得自己要做些什麼比較好。我想通後，「巡視」的地點便成了緊鄰的獵手村了。

在漫無目的的閒逛中，我試著向村民了解獵手村的由來。結果有人說是第一個定居的住民是獵人所以這樣稱呼；也有人說國王在這附近打獵時，被一個獵人所救；更有人說第一任國王在還未登基之前，就是在這邊當獵人。總之眾說紛紜，但由於這個地方即小也不重要，縱然是學者可能也沒有興趣要釐清真相。

雖然如此，但我覺得自己在哪個村莊就像一個獵人一樣，因為我監視了某個對象很久。

我遇到雅莉絲時，起因於另一名女子。當時我肚子餓了，但又不想回莊園，於是想先找個吃飯的地方。這時我看到一名女劍士走過，他的美貌與散發出來的強悍氣息吸引了我，讓我不知覺想跟隨著她。

但我才剛想到這個念頭，那女子就不見蹤影了。由於我渴望再見到她一次，至於見到後怎麼辦我倒真的還沒有想過。為了找她，我開始在村子裡亂竄，卻反而讓肚子更為飢餓。

獵手村離王都不遠，旅人只要加快腳步就進城了，可能是這個原因，村裡並沒有什麼吃飯的地方。當然也許有人會請某戶人家煮頓飯給他，然後付一些錢酬謝，但這並不符合我的個性。這時我找到一家賣乳酪的小店。石造房屋無隔間，要不是大門敞開著，讓人可以一覽無遺裡頭的陳設，我敢說這種沒有招牌的店，外地人絕對找不到。

我想就將就一下吧，畢竟來到莊園前不也這麼隨便吃一餐。雖然抱持這想法，但內心仍不免對沒有飲料佐餐嘀咕一番。然而在付帳之時，我抬頭一看，沒有飲料的問題早已被我拋到九霄雲外，雅莉絲的笑容與美麗已經讓我忘記所有的不舒適。我目測她年齡應該在十八、九歲間，但卻擁有和我相若的身高。她白皙的瓜子臉上所排列的五官完全恰到好處，哪怕是移動一分一毫都將大為失色。

不用猜也知道我每天到獵手村，就為了買塊乳酪。第三天，我從別人的呼喚中得知她的名字。到了第五天，每天獲贈乳酪的費司特也猜到了原因，他甚至建議我用「莊園主人的唯一親戚」去向那女孩提親，但我拒絕了。這樣的話我怎麼分辨雅莉絲的愛，是我？還是金錢？

但實際更慘，我連她結帳時的那份笑容，究竟是對我，還是對顧客都難以區分。甚至差一點丟掉了法師的尊嚴，而去祈求占卜師的幫助。但如同馬斯多塔說的，「生命並不全然是喜悅，但也並非全部是悲傷。」偶爾在找零錢時，與雅莉絲的指尖碰觸，每每讓我興奮到差一點大叫。我在想如果真有一種飛行的魔法，那種美妙的感覺一定是這樣。

這樣的邂逅，到有點像我與魔法的接觸。從平常人到擁有魔力，只花了短暫時間。之後用了稍微長的時間，我學會了兩種魔法。然而接再下來的日子，幾乎完全沒有進展。我想如果半年前的自己來到這裡展開魔法對決，那結果一定是兩敗俱傷。

雅莉絲與我也是如此。我瞬間就遇到她了，但卻花了三天才知道名字。第四天碰到她指尖了。但一個月過去了，我還是處在這種偶而碰到指尖的日子中，完全沒有進展。我多麼希望她能問我是打哪來的，甚至問我要不要多買一些乳酪之類的也好。

就在某天到獵手村買乳酪時，雅莉絲似乎不在，店裡大嬸問我需要哪種乳酪時，我笑笑就離開了。其實我是一肚子不高興但又不知向誰發洩。在回莊園的路上，路旁又出現野狗群狂吠的聲音。以往我因為好心情而無視牠們，但那一天我對著牠們破口大罵。

沒多久從草叢中衝出五隻野狗，他們撕牙咧嘴十分憤怒的樣子，然而我的心情也不是很愉悅。兩股怒氣衝撞在一起，注定要擦撞出一些火花。

我唸起了空氣法術的咒文，推出了一個氣彈向著體型最大的黑狗。這是我第一次真正做出攻擊。我必須告訴各位，在氣彈接觸到黑狗那一刻，也就是擊中與被擊中的瞬間，滋味妙不可言。黑狗被打飛數步之遠，慘叫一聲後站起來便夾著尾巴跑了，其他的狗看情勢不妙，也跟著逃逸無蹤。

第一場魔法的實戰大獲全勝，我不禁仰天大笑。「畜生！誰叫你們擋住了整個邦卡，不對，是整個北地最強的大法師，約翰．斯萬大爺的路。」說完後我有種舒暢之感。

當我快到宅子時，看見莊園門口的吊橋旁，已經有匹馬還有中年大叔站在那裡，陪同在旁邊的還有總管強尼。大叔穿著的禮服和強尼有些類似，他倆長相雖然不同，但卻散發相同的氣息。

「這位是奧斯卡領主的總管，尼爾遜先生。」總管強尼介紹著。

「您就是代理人約翰先生吧，領主大人請您務必盡快到府邸一趟。」說完後他遞來一封信函。

我看著強尼一眼，他微微點頭示意我收下。尼爾遜先生似乎完成了任務那樣，說了聲「那麼恭候您駕臨了。」便騎馬離開了。

「怎麼辦？強尼。」我拿著信看著他。

「只要您不慌張，便能找出眼前的出路了。約翰先生。」強尼回答後，點個頭離開了。我深吸了一口氣，思索著強尼的話後，把信件拆開來看。信是寫給馬斯多塔的，大意是領主遇到一些麻煩，想要諮詢馬斯多塔的意見，請他到府一敘。看完以後，我一整天都覺得不安，深怕有著無法承受的責任與麻煩，連晚餐都吃不出味道了。

諾曼里亞領位於王都北方一段距離，靠近薩蒙邊界。獵手村和諾曼里亞領並沒有相連，是屬於諾曼里亞領的飛地。據說是上任國王和上任領主互相打賭，國王賭輸了才將這塊地讓給了諾曼里亞領。

第二天出門的前，強尼總管早已經打點好一切了；體面的禮服、一匹駿馬、一個背著上好葡萄酒的隨從，也就是費司特。我們輪流騎了快一天的馬，直到接近領主宅第時，費司特堅持我必須騎在馬上，以免丟了莊園代理人的面子。

到了領主宅邸時已經接近黃昏了，宅邸就在市鎮的中央，巨大而且明顯的，彷彿告訴別人這一帶的老大就在這裡。由於領主名聲向來不好，貪財、好色而且傲慢。所以當他親自出來迎接，並邀請我共進晚餐時，讓我有點意外。更意外的是奧斯卡領主的旁邊，除了尼爾遜先生外，還有一名綁著長馬尾的女劍士。她和獵手村的遇到的那位有些不同，但共同點就是美貌與強悍。由於那位女劍士完全地吸引了我，我鼓起勇氣但假裝漫不經心地向領主詢問，領主說是他的外甥女伊兒。雖然我得知她的名字，但那一瞬間她的眼神極度不友善，讓我若有所失。

晚餐雖然豐盛，但只有我跟領主兩個人用餐，尼爾遜總管和伊兒就站在旁邊。領主在吃了一些餐，並稱讚了我帶來的葡萄酒後，開始進入了主題。

「穆斯朗先生常說她的莊園受到一位大法師保護著，沒想到就是您了。」領主舉著葡萄酒，似乎是在表達了敬意。我這才是知道馬斯多塔的姓氏，原來是穆斯朗。雖然這個姓氏在邦卡不算是稀有，但在北地可是上至王族下到平民的普遍姓氏，據說佔約五分之一的人口，而且愈往西邊比例愈高。不用說鄰近的泰卡等王族姓穆斯朗，連西邊巨錘森林的半獸人擁有此姓氏的也大有人在。據說這一切都是古時候一個短命王朝的國王——穆斯朗大王，毫無節制地將這個姓氏賜給軍隊及一般平民的結果。

「我只是稍微懂得皮毛而已。」我趕快澄清。

然而伊兒似乎激動起來，她手按在劍柄上警戒著大聲說：「你是無杖者！」此時領主趕快伸出手制止她，然後苦笑地說，「雖然是邪惡的法師，但邪惡的領主此時正需要他的幫助。」他說完後雖然伊兒動作不再警戒，但我可以發現她眼神對我充滿厭惡。

老實說，領主認為我是邪惡法師，然後也自稱邪惡領主，讓我既啼笑皆非，又怕在美女面前糟蹋自己形象。雖然如此，但我卻不知道要怎樣辯解才好。

領主一副你不用再瞞我的表情說著，「我其實已經了解一切了。雖然非常失禮，但尼爾遜總管在獵手村無意中聽到您的談話，知道您就是有名的法師約翰・斯萬先生」。他停了一下繼續推論，「對照您連對狗都不留情面的作為，再加上穆斯朗先生常說這位法師帶著一種邪氣，憑這兩點我才確定您就是穆斯朗先生口中的那位法師。」

雖然我不知道自己什麼時候成了「有名的」法師，但我既不想被伊兒看不起，又不想沾上任何麻煩，只好繼續不置可否地點點頭混過去。

領主嘆了口氣後開始講著，「我外甥女克萊兒十七歲時，被藍月之城的城主父親邦德布雷克，也就是前任城主拐騙，因此離開家庭。八年後她回到娘家，哭訴著愛情受到了背叛。」他再嘆了口氣說著：「她一直哀求我表姊替她報復，藍月之城啊，我們能有什麼辦法嗎？最後可憐的克萊兒用極悲慘的方式自盡了。只能拜託您了，只要對方給個交代，我就能對我表姊杜蘭莎夫人交代了。」

「是伊兒的姐姐嗎？」我問的時候看了她一眼，但她眼睛看著遠方，非常哀傷。

「是她的表姊。」領主說。

我聽說吸血鬼都保持著俊俏或美麗的容貌，而不論是多少歲月。我心裡一方面嘲笑這位年輕女貴族的膚淺，但也希望能讓伊兒多一些好感。我想到這件事馬斯多塔最後應該能處理。

「領主大人，是需要什麼樣的交代呢？」我試著問。

「什麼樣的交代都可以。」領主看起來輕鬆了許多。我看了伊兒一眼，也覺得她似乎沒有那麼討厭我了。更何況是什麼樣的交代都可以。

由於領主的目的已經達成了，接下來的話題非常的輕鬆，大多是領主與馬斯多塔吃喝玩樂的過去和貴族間的秘聞之類，我則是說了一些練魔法的瓶頸跟心得，還有自己與莊園人們的糗事。

跟領主談話雖然很愉快，但我想到他們居然也會受到欺壓不免覺得好笑，而他們還居然委託一個連藍月之城在哪都不知道的人。他們愚弄人民，而我代表人民愚弄他們。但我一想到伊兒的美之中還添加了貴族的氣息，就讓我在情感上充滿矛盾。

那晚感覺一切都非常順利，在領主的宅邸中不僅安心睡了一覺，還做了個好夢。夢裡藍月之城的城主被我的口才說服了，不僅隆重向奧斯卡領主道歉，還賠償了大量的金錢。對這件事極度滿意的領主，特別允許我娶伊兒為妻。

如果要說這美夢有什麼壞處，就是在醒來後，我對獵手村的雅莉絲懷有一絲絲的歉意。

第四節　傑克五號

在奧斯卡領主招待下，我們在諾曼里亞領多逗留了一天，這才與費司特才啟程回到莊園。沿途路上我詢問是否知道藍月之城的事情，費司特雖然不知道，但他猜測應該不在邦卡境內，因為整個邦卡的城鎮在他年輕時已經「遊歷」過了。

回到莊園後還發現了一件事，總管強尼離開莊園了。費司特說園主大人允許他每年可以休息三十天，但馬斯多塔這次在莊園裡住了一年以上，讓這位總管只能將假期延後了。

我在莊園裡又等了幾天，仍不見馬斯多塔回來。本來我幻想著馬斯多塔離開的目的，是為了尋找領主口中的那位帶著邪氣大法師。但一想到這件事是發生在他離開之後，我便覺悟短期內馬斯多塔不會出現了。

接下來只能靠自己了。我查閱了二樓書房中的書籍與地圖，終於讓藍月之城的一切逐漸清晰浮現。一切如費司特所言，藍月之城確實在國境之外，位於邦卡、薩蒙及泰卡三國的交界。雖說在交界上，但又不屬於任何國家，是一個獨立的領國。

這個獨立領國，除了定期商人往返外沒有任何人民。也就是說這個數十平方里的小國家，只有一座藍月之城。因為這是一個吸血鬼的國度。當我查到這個答案之時，驚嚇到手中書本掉到地上。雖然現在我已經能用稍微平靜的心來描述這件事了，但想到從書中讀到這段話的當下，心中餘悸猶存。

藍月之城城主在泰卡征伐戰爭、黑木之門爭奪戰以及後來對南地諸國的浩大戰爭中，始終站在聯盟的這一方，聯盟出於感激而簽訂藍月協定。

藍月協定的內容極為簡單，一、北地聯盟保證藍月之城領土完整，藍月之城需承諾不得對北地聯盟及邦卡領內任何人進行攻擊或轉換為吸血鬼。二、北地聯盟每年向藍月之城支付五百頭牛、五百頭羊、五千斤小麥。三、藍月之城如果派兵參戰，所得酬謝比照二年支付數量。事實上對於這個有利的協定，藍月之城經常鑽其漏洞；例如只派一人參加戰爭，便可獲取極大的利益。

我研究了歷史，發現這個協定已經超過三百年了，更重要的是雖然協定中涵蓋了邦卡，但邦卡並不是締約國。總之並不是單純的感情糾紛和家族名譽，而是牽扯上了政治問題，已經遠遠超出了一個莊園代理人的極限了。

我想到目前能調動的人之中，既沒有謀劃的策士，也無衝鋒陷的戰士，只有漫步在麥田中的幾個老守衛而已。或許你們會說還有你自己，但如果立場對調，相信你們也不會願意前往。當時我只有想到一計，那就是學馬斯多塔，乾脆騎馬逃走算了。

我半開玩笑的跟費司特說了我的計畫，結果他大吃一驚。之後莊園裡的人不分男女老幼經常來跟我打招呼或說說話，深怕我真的逃走了，留下一個他們也無法處理的麻煩。

這樣的日子持續了好幾天，每一天也都無比漫長。讓我既無心練習法術，也無力去獵手村看雅莉絲。白天都絞盡腦汁在想著如何推拖或逃走的計策，晚上做夢盡是馬斯多塔以各種奇怪方式回來。

後來尼爾遜總管又來了，他問是否有需要幫忙準備的東西，我當然知道這是來打探我到底出發了沒有。我告訴他目前正在配製一種厲害的魔藥，幾天後就可以出發了。

尼爾遜走了之後我忽然產生股怒氣，便走到巡邏小屋找費司特算帳。費司特卻也是人生經驗豐富的人，死命地推出笑臉，讓我無法在苛責，正所如俗諺所說的，「拳頭會閃開笑容。」

「約翰先生，您要責備我沒關係，但其實您也是跟我一類的人的喔。」費司特笑嘻嘻的。

「誰跟你一類了？」

「雖說我把您的計畫公布出來是出於自私，但您騎馬離開的想法，不也是一樣的嗎？」

費司特的說法是事實，我無法反駁。本來以為既然已經堵住我的口了，我就該離去了。但沒想到費司特拉住我的衣袖小聲地說，「約翰先生，其實我還有一個終極秘招。」

「終極秘招？為何不早說！」我壓了他後腦杓一下。

「既然是秘招，就要在最後關頭才使出來。」費司特自信的笑容，讓我燃起了一線希望。馬斯多塔從未設置隊長或領隊的職務，但在我心目中費司特有著這樣的形象，堪稱我旗下第一員大將。至少當時我是這麼想的。

「您知道大廳那個騎士的擺設嗎？」聽完費司特的話，我點點頭。他指的是一樓大廳有個裝飾品，是從頭、身體、手、腳包的整副重盔甲展示架，下頭還配個紫杉木底座。

「那位就是傑克先生。」費司特的表情，好像跟它是老朋友了。但我想一定有更深層的含意在，所以追問著，「那位傑克先生怎麼了？」

「傑克先生其實是會動的，園主大人曾經私下告訴我，如果整個莊園遇到了危機，傑克先生就會出手了。」費司特的表情，彷彿正在透漏一個祕聞。

「馬斯多塔真的這麼說？」我有點驚訝。但費司特接著說：「當初傑克先生擺在大廳時，就是我幫忙搬運的。」他強調：「園主大人告訴我的原因，就是因為我是莊園第一守衛。」

「那你有看過它動過嗎？」我問。

「其實傑克先生晚上會不定期會巡視麥田，它巡邏時眼睛還會閃著藍光。」聽完了費司特的話，我想起曾經看過書架上有本大法師阿爾薩斯的著作，「魔法操控與死靈法術釋疑」。我趕緊離開巡邏小屋，回到宅邸的書房。

然而一讀之後，我失望了。各位請不要誤會，我並非對阿爾薩斯大法師失望，相反的我還是他的崇拜者。先不說魔法技術類的書刊中有許多他的作品，在知識領域與風土民情的介紹更是幽默並有獨到的見解。我還記得馬斯多塔在示範魔法組合技巧時，用的就是阿爾薩斯的魔法，我當時認定馬斯多塔也是他忠實的讀者之一。

阿爾薩斯大法師在與大賢者奧特的「第四次雙法對戰」後，就失去消息了，彷彿從人世間蒸發那般。「魔法名人傳」跟「阿爾薩斯法師傳」都如此記載。講到這裡，諸位可能會猜想馬斯多塔就是阿爾薩斯，然而我要告訴各位，你們的想法是錯誤的。我也曾經這麼想過，但只要你閱讀過他的許多著作之後，便可慢慢勾勒出這個人的形象。阿爾薩斯是一個自信、幽默卻又穩重的人，和馬斯多塔的狂傲與輕浮簡直是兩個樣。

接下來我該解釋失望的原因了。阿爾薩斯在「魔法操控與死靈法術釋疑」的觀點也和馬斯多塔一樣，能夠看透事物的本質。阿爾薩斯非常驚人的指出，根本沒有一般人認知的那種死靈法術，充其量不過是一種魔法操控的技巧而已，就像街頭操弄木偶的傀儡師那樣，只不過是用魔法代替線而已。

阿爾薩斯承認他的觀點將遭受到所有死靈術士的否認，因為他的觀察戳破了他們千年以來神祕的面紗。他在書中舉的各種例子只為了證明一件事：死靈術士所操控的對象，能力遠不如施術者。這好比傀儡師的木偶力氣，永遠也不會比傀儡師大。

這種被稱為死靈法術的魔法操控術，係由施術者為操控對象注入兩股魔力，分別是指令與動力。這也是和坊間傀儡師最大差別，因為在有了這兩股魔力後，施術的對象便能「自主行動」了。然而一般死靈法師的指令極為簡單，通常只是一種移動方式與兩、三個攻擊動作而已。這也解釋了為何僵屍的行動總是遲緩並且呆板。阿爾薩斯更指出只要停止恐慌，你便能擊敗它們。因為它們最優勢的地方，就是帶給對方恐怖與慌亂。只要鎮定，阿爾薩斯說：「腐臭的肉和枯朽的骨頭，並不會為你帶來威脅。」

最後阿爾薩斯圖文並茂的呈現了他的作品——魔法騎士。阿爾薩斯要求鐵匠為他打造真人身高的鐵製傀儡，他花費了數個月建立各種符文指令，使它能運用更多的攻擊與防衛技巧。當然以他強大的魔力，這個傀儡的移動速度超越僵屍許多而和尋常的戰士無異。然而他也發現這個鐵傀儡——魔法騎士，它雖然堪稱是個優良戰士，但和他所耗費的心血不成比例。因為任何可以擊敗一個普通劍士的法師，也同樣能夠擊敗它。最後，阿爾薩斯大膽預言，等他的書一出版，將使死靈法術的流派逐漸沒落。

解釋到這裡，各位應該知道我失望的原因了。就算「傑克先生」動了起來，頂多不過是如同尋常的戰士而已。但是我在考慮了整個下午之後，意識到即便是一個普通的戰士，仍舊比整個下午都在下棋的守衛可靠多了。

首先我檢視了整個「傑克先生」外觀，發覺他脖子後方的盔甲上，印有一些文字。剛開始我認為是一種啟動的咒文，當我正在把文字描到紙上並準備解讀時，「約翰先生，您準備叫它第五號傑克嗎？」路過大廳的廚師之一，賈桂林太太這麼說。

「妳也認識魔法文字？」我為莊園裡的人，臥虎藏龍而吃驚不已。

賈桂林太太呵呵笑了起來。「這哪是什麼魔法文字，這是北地聯盟通用的泰卡文字。」她這樣的回答讓我面紅耳赤。不過稍後安慰我，因為她是從泰卡搬過來的，這才稍微解除了我的尷尬。

但因為我一直認定這個祕密一定就在傑克身上，第二次的檢查格外仔細。最後我打開了頭盔上的面罩，意外發現盔甲內居然是一副鋼鐵打造的骷髏，這和阿爾薩斯打造的魔法騎士大異其趣。我在骷髏的額頭上，找到一行看似魔法文字的符號。

「這一定是啟動咒語了。」我當時稍微安心了。

但我這次更加謹慎，請全莊園認識字的人到大廳，看看是否有人認得。包含賈桂林太太在內的九個人，在遂一檢視之後，都表示沒有看過。

我趕緊將字體描好，對照魔法字典找出正確發音，查詢過程我隱約感覺文字中有請求、自信及力量的含義，而且我聽到「傑克」這個發音。我想這一次應該是錯不了。

我剛開始唸咒時，路過大廳的人都靠過來了，但唸完後並沒有任何反應。隨著第二遍、第三遍、第四遍的唸咒文，大廳已經聚集到六、七個人之多，幾乎廚房和清掃的人全到齊了。面對這麼多人觀看，讓我咒文唸到汗流浹背。眼看傑克先生並沒有要移動的意思，大夥一個個悄悄散去，只剩我一個人重複唸著咒文。

第二天我做法請求盔甲動起來的事情已經傳遍整個莊園，早餐時那些廚房的人眼神都帶著笑意，我想昨天的行為應該就跟白癡沒有兩樣，讓我這個莊園代理人的威信完全掃地。

但有時候命運很是奇妙，就在我覺得做了件蠢事而懊惱不已時，守衛阿貝魯出現了。他說聽到了昨天的傳言，而要向我報告關於傑克先生的事情。

「傑克先生額頭文字的意思，就是『與其祈求傑克幫助，不如祈求自己幫助。』」阿貝魯這麼說。

「阿貝魯，你看得懂魔法語文？」我嚇了一跳，並心中咒罵著阿貝魯為何昨天不出現。

「我其實看不懂。」阿貝魯嘻皮笑臉說。「這段字是後來園主大人刻上去的，我好奇這是什麼意思，他才解釋給我聽。」他說完後我更驚訝了，我心想莫非馬斯多塔擁有預知能力，早已看穿我的窘態了？可是他明明駁斥過占卜師啊。但我還沒開口，阿貝魯就把答案公布了。

「園主大人說自從他跟費司特提到傑克先生後，費司特就特別注意到它。園主大人還發現到費司特似乎將它視為吉祥物，經常在大廳向傑克先生祈求各種願望。園主大人希望費司特停止這種無聊的行徑，所以才刻上字的。」

阿貝魯的話非常奇怪，費司特哪識得幾個字，更何況是這種古代魔法語文。不過這倒像馬斯多塔的風格。阿貝魯繼續說著，「園主大人說：『規勸有效的話一次就行了；不然講一百遍也是白講。』我回答：『可是您連一遍都沒說過。』然後園主大人指著正在刻的字說：『我現在不就是在勸他了嗎？』」阿貝魯又補充著，「園主大人說他既然勸過了，接下來就是命運之神與費司特的事了。」

既然已經是一場烏龍了，我心中只剩一個疑問。「阿貝魯，那你說傑克先生會動嗎？」我的問題阿貝魯歪著頭思索，好像答案這樣就會從耳朵掉出來。「園主大人並沒有回答過，倒是我問過強尼總管，他跟我保證到目前為止傑克先生都沒有動過。我想也對，幾年前有一次小偷闖了進來，最後還在廚房被制伏了，它依舊站的好好的。」

我想到「與其祈求傑克幫助，不如祈求自己幫助」這句話，我昨天在大廳朗誦了近百遍而不自知。我想到或許這樣的過程是對我有意義的，就算真的只是意外，但馬斯多塔也常說：「人生的轉折點通常是由意外組成。」

雖然我早已經知道，逃避並非解決之道。但由於這件事，才激起我前往藍月之城的決心。我發現一但下定決心後，便會出現許多思維。我當下冒出來的第一個念頭就是馬斯多塔的召喚咒語。萬一任務失敗了，好歹跟敵人同歸於盡。更何況惡魔的第一擊有很高機率不是我，可能還有逃命機會。再說，事情也不一定會鬧到要拚個你死我活。

在盤算最慘的狀況後，心中踏實了許多。黃昏時我到費司特家裡找他，開門的是費司特的三個孩子們，很明顯他們被教育的非常有禮貌。當我告訴費司特我決定到藍月之城，他除了假裝驚訝外，依然堅持他看過傑克先生移動。

我岔開傑克先生的話題，叫他明早陪我到王都採購裝備，他的表情看起來，才真的相信我的話了。臨走前，費司特太太小聲告訴我，費司特只要喝醉了，就會嚷嚷他看到傑克先生走過去。

就算這樣，清醒的費司特尚稱可靠。第二天費司特與廚房的人協調許久，才從伙食費中挪出這次的經費，雖說總管不在無法開啟金庫，但仍讓我對宅子的人感到歉意。在王城內費司特也很會與商家套交情並且殺價，我還買了號稱某個鐵匠鋪最好的劍——「屠龍劍」。雖然劍柄上有著飛龍的雕紋，當我問費司特是否相信這把劍能屠龍時，費司特笑著說：「約翰先生，我確定這一把好劍，但也確定這把劍對龍一點作用也沒有。但如果名字不好聽，它恐怕永遠沒有機會出鞘。」一聽完後，我覺得似乎包含了一些人生哲理，但我說不上來。順帶一提的是雖然後來我的形象是以手持「長矛法杖」聞名，但第一把武器確實是鐵匠鋪買的長劍。

回到莊園我想到沒有護身的裝備，費司特表示他沒有忘記，倉庫中老早在就準備了一套皮製鎧甲。我的體力本來就難以撐起笨重的鐵甲，因此這套皮甲相當合我意。皮盔、胸甲、腕甲、靴子都呈現高級的褐色，接縫處用銀線或銀扣子，以及一件被我拒絕的緋紅色絨質披風。

這皮甲唯一美中不足的，是胸口有個巨大的酒瓶的印記，有礙觀瞻。費司特說很久以前馬斯多塔就以惡作劇的心態訂製了這樣的皮甲，下令如果有人需要裝備，一定要穿這件。

至於我的疑問，費司特回答是農場的標誌。此外，我也明白了莊園正式的名稱：美女莊園。

「園主大人說美女、美酒都有了，這裡就是人世好地方。」費司特解釋著。

這樣輕率的標誌與名稱，也只有馬斯多塔想的到了。但想到美女，我的思緒就飄到雅莉絲的身上。我告訴費司特在獵手村時，想買塊乳酪，他一臉完全了解到的笑容。

然而到店門口時，停頓一下便走了。雅莉絲雖然注意到我，但看到我似乎沒有要進門的意思後，便繼續她的工作。

「相當漂亮的女孩，約翰先生。」我還來不及感傷，費司特就開口了。我嘆了口氣：「我不知道她是不喜歡我，還是不知道我喜歡她。總之看起來，我在她心中根本毫無分量。或許藍月之城能讓我心靈得到平靜。」

「怎麼個平靜法？」

「費司特，你難道聽不出來，我話中含意是暗示死亡啊！」我感嘆著。「只要有萬全準備就不一定會發生這樣的事情。」費司特不假思索回答。

「需要什麼樣的準備？」我問完後，費司特用手托住下巴，顯然他原本並沒有答案。但他似乎靈光一閃，「可以找些夥伴，通常在大城市的酒吧裡，可以雇用到一些保鑣之類的人。」

「你是說，你有認識為了幾個錢，而願意對付整個城堡都是吸血鬼的傢伙？」

「嗯，確實沒有這樣的傢伙。」他似乎準備好了備案。「那，去拜託那個全北地最有名的大賢者怎樣？」

費司特的話簡直就是廢話，大賢者奧特如果處理這件事，當然是非常完美。但頭一個問題就是我們這樣的小人物，怎麼能見到他。但我決定給費司特費斯特的顏面留一點餘地，只撿了次要的理由否決。

「我聽說大賢者奧特是非常冷漠的人，從不隨便見人。以前我在卡拉斯特鎮時就聽人說，就算世界要滅亡了他也不會插手。」費司特似乎沒聽過這件事，一直問為什麼。「聽說幾年前東方邊境上天鵝村鬧饑荒，全村就去投奔奧特的金牛山，結果整村都被轟出來了。」費司特聽完點點頭。「還有上回到奧斯卡領主那裡，聽他說貴族們也很不喜歡他。貴族們說奧特向來只會跟他們說一個字而已。」

「什麼字？」費司特很好奇。

「滾！」我一說完費司特就笑了出來，直說罵的好。

「所以與其要拜託大賢者奧特，那還不如去請求大法師阿爾薩斯出面。」這是我的看法。費司特對這個結論有些訝異，他說「他可是一名邪惡的法師。」我告訴他：「我認為阿爾薩斯只是個人風格較為強烈而已。」費司特很認真在沉思的樣子。後來我笑起來了，費司特問我怎麼了，我告訴他別人聽到了一定以為：「這兩個人到底是誰，連要差遣奧特還是阿爾薩斯都難以下決定。」費司特則說待在園主大人手下久了，都變成了狂傲的人了。我們則一起哈哈笑，差一點讓我忘記就要出發去藍月之城了。

但我一提到藍月之城時，費司特反而提到買乳酪的事。費司特傳授了一些搭訕的方式，但我的臉皮沒有他厚，所以不適用。反倒是費司特結識費司特太太金妮的方式相當特別。如果你們有人未婚，我建議仔細閱讀下面這一小段文字。

費司特太太原是王都某裁縫店的店員，對她一見傾心的費司特，宣稱要買一件店鋪裡最貴的女裝。對於尺寸與款式的要求，費司特說贈送對象的體型和她差不多，並且請金妮，也就是後來的費司特太太，用女性的眼光挑選最棒的衣服。

最後金妮選了一件微黃色滾紅邊的禮服。費司特確定連她也稱讚這件衣服時，便爽快結帳付錢了。然而就在金妮包裝好要交給費司特時，費司特說了聲「送給妳」便瀟灑離開了。幾天後費司特再到店鋪拜訪時，金妮便會主動向費司特打招呼了。至於後面，就不用我說了。

我當下有了決心，如果能從藍月之城平安歸來，便效法費司特的故事，買一個完整大乳酪送雅莉絲。但這個點子當時一直覺得有說不出的不對勁。

就在討論如何將費司特的例子套用在我身上時，我已經看到尼爾遜總管和廚房的人在莊園外等待。雖說我也要出發了，但尼爾遜總管可能認為是一種緩兵之計。

事情出乎我意料，尼爾遜是代表領主來致歉的。因為領主忘記交付調解人的證明。而且他相信，我是基於維護他的顏面才沒將這件事當眾說出來。所以尼爾遜的此行的目的就是帶來調解人證明文件以及轉達領主的謝意。對於這樣的意外結果，我相信任何人都不會多加解釋。

「約翰先生，看來奧斯卡領主對你的印象非常良好。」費司特這麼說後，我問是因為他認為我包庇他的疏失嗎？

「不是。」費司特說：「園主大人曾經跟我說，如果你對一個人是抱持好感，那就算你做出令他意外的事，你都會朝正面方向解釋；反之，如果你討厭這個人，那不管他做什麼，你也會覺得都是陰謀。」

這句話費司特說對了一半，奧斯卡領主哪會如此信任素昧平生的人，他信任的是馬斯多塔。但不管如何，現在就算要推拖或逃都走也來不及了。

我出發的時候，除了兩個去採莓子的人外，全莊園的人都到了，有別於當時離開卡拉斯特鎮的境遇。費司特還說如果他年輕二十歲並且未婚，他就會陪我走一趟。費司特說的不管是真還是假，我都很感謝他。不過當他提到會向傑克先生祈求我平安時，我則哭笑不得。

我後來一一跟莊園的人道別並聊上幾句，一直到阿貝魯把馬牽過來為止。

第五節　大賢者奧特

離開莊園往東北方向，騎馬沿著邊境走上八天，即到達了藍月之城的領地附近。為了拖延抵達時間，我甚至經常牽著馬匹走路。一路上出乎預料的順利，和我自己想像中盜匪、猛獸層出不窮的樣子相差甚多。

我只有一次遇到疑似盜匪的三人組。他們在我牽著馬走在無人的道路時，不懷好意地靠了過來。他們腰間都插著短劍，其中一個還拿著雙手的大斧。我在還有距離時便唸起了火焰咒文。這是一段稍微驚險的經歷，因為咒文並沒有成功，所以我緊接著唸了第二次和第三次。在他們眼裡，我大概看起來只是唸了一段很長的咒文，然後舉起右手的火焰露出微笑。他們三人相視了一會兒，便拔腿跑了。

反而是一些帶兵巡邏的小隊長，老是懷疑我的行為可疑，此時就會有小兵出面，暗示著我可以用金錢證明清白。通常這時候我會拿出由領主署名的調解人委任狀，他們看了以後才會悻悻然離開。

到達邊境時已經是午飯時間了，我一想如果在藍月之城耽擱到夜晚，將不僅錯過晚餐，還可能成了別人的大餐。邊境上有一座小旅館，食物並不好吃，房間也很簡陋。唯一值得稱道的大概就是老闆夫妻非常親切並且健談，所以我對該店暫且姑隱其名。我入住時是唯一的客人，這家店每個月只做兩、三天生意，老闆說每個月第一天商人們會帶著貨物到藍月之城販售，到時旅館就會佳賓滿座。

雖然食物難吃，但我第二天還是用完早餐後才出發。進入藍月之城領地後感覺相當寧靜，相信也沒有任何盜賊會在這附近作怪。這一帶大部分是森林，但道路非常明顯：一條筆直的泥土路，卻有四輛馬車並排那麼寬。

由於是初秋的季節，陽光的溫度完全剛好，林子裡的鳥鳴聲與偶而吹拂過的風，幾乎讓我忘了此行的目的。不過藍月之城相當的壯觀及雄偉，提醒了我這次行程的目的。這座緊鄰在湖畔的城堡和普通城堡最大不同的是，與其說是座城堡還不如說是座小型宮殿。舉一個例子來說，門口的石橋也和道路一樣擁有四輛馬車寬度，橋的兩側還有一些高大的人物雕像。此外城堡的正面比奧斯卡領主的宅子豪華，在其後還可看到一棟更富麗堂皇的建築。窗戶又大又多，顯示了居住的舒適功能優先於防禦效果。

儘管如此。藍月之城要防禦我的進入那是毫無疑問的。為了表示禮貌，我將馬繫在橋頭的樹上後步行過橋。在這寬大又緊閉的門前，並無拉鈴之類的東西，我只能用拳頭敲門，並大喊「有人在嗎？」一會之後，大門上的一個書本大小的拉門打開了，拉門後頭出現的，是一個令人吃驚的美女臉孔。雖然我知道眼前的人極可能年紀比我父母還要大上許多，但她那種帶著飢渴的美依舊令我怦然心動。

她一看到我便把拉門關上，我重新敲門並呼喊，拉門才又打開。這次我以最快速度，展示領主簽署的文件。

「這是諾曼里亞領領主的委任狀，我個人代表領主，來調解貴城前任城主邦德布雷克先生與杜蘭莎夫人之女克萊兒小姐的事情。另外克萊兒小姐也因為這件事過世了，我希望能當面轉達給前城主及城主知道。」我說話時一直盯著這位美麗的女士，居然因此紓緩了緊張的情緒，用一種正常的語氣把話講完了。

但結局出乎我意料，這位美女轉頭跟後方的人小聲講了幾句後，跟我說：「這裡沒有你說的這些人！」之後她用力的關上門，再也沒有回應了。基於任務與良心，我勉強在敲一次門，拉門並未打開，但我聽到一個男人的聲音喊著：「請你離開。」雖然他的措辭還算有禮貌，但我害怕再待下去，他就會有不禮貌的行為了。

為了表示我不害怕，我牽著馬走了一段路才跨上坐騎，接著便開始策馬狂奔。一方面是要趕緊離開這個地方，但另一方面則有事情結束鬆了口氣的感覺。領主都說只要對方給了交代就好，答案就是沒有這些人。也許是弄錯了，當初和克萊兒私奔的對象和藍月之城無關。我當時拚命跟自己這樣解釋。

我離開藍月之城越遠，罪惡感越重，到了第四天我在一個叫做卡布德列的村子住了下來，這一住就三天。由於一直在掙扎著是否應該要回去藍月之城，大部分的時間，都在借宿的農場旁那條小路上發呆。

「午安！劍士先生。」某天一個騎著馬，穿著華麗的年輕男子向我打招呼。由於我一時沒有意會過來，反而轉頭看看身邊的劍士在哪裡。

「午安！騎士先生。很抱歉剛剛用劍士來稱呼你。」他這次說完，我才在意識到自己穿著皮甲，難怪會被誤認。剛剛顯然他誤會自己用錯了稱呼，所以得不到答覆。

「這個莊園相當寒酸耶，騎士先生。」他說完即從馬上下來，「我叫里奇•阿克曼，是從西南方來這裡的貴族。」在他點頭致意後，我也回禮並報了姓名。

「啊，這是你的莊園嗎？請原諒我剛剛的無理。」他說。

我微笑一下：「首先，這裡不是我的莊園，我只是借宿在這裡。另外，這是座農場，並非是什麼莊園的。」我講完後，發現他居然不明白其中差異，於是繼續解釋著，「被農田圍繞的豪宅，叫做莊園；田的周圍如果是平房，叫做農場。此外，莊園不用繳稅給國王，住的是貴族；農場的收成是要繳稅的，裡頭的人是平民。」

他有種茅塞頓開之感，我看到這個樣子，就知道又是一個不食人間煙火的貴族。但他似乎為了扳回面子，開始研究起了我胸前的酒瓶圖案。

「這是酒瓶嗎？我精通貴族家族紋章，但好像沒看過你這種。」他邊說邊把臉向我胸前移動。

看著他的樣子有些討厭，我忍不住捉弄他，「連這個都不知道，怎麼可以自稱精通呢？」我說完後，他一臉不知怎麼辦才好的樣子。於是我告訴他，這是斯萬家族的紋章。

「斯萬家族？」他沉思一會後問，「那以酒瓶做為標誌是什麼典故呢？」

我哪知道是什麼典故，但我不能這樣告訴他。我忽然發現自從遇到馬斯多塔後，不知是吹噓的功力大增，還是潛藏的能力覺醒？但我沒有時間做內心探討，因為用來唬住這位里奇・阿克曼的答案，已經浮現在眼前。

「當然是大有來歷的。」我已經想好劇本了，「先祖雷諾・斯萬當年跟隨布瑞克國王東征西討創建了這個國家。他是一個好酒之徒，每次上陣之前總要喝一瓶酒，帶著醉意後作戰反而格外勇猛，所以國王特別下令改用酒瓶作為家族紋章，讓世人永遠記得這段功勳。」我腦中剛好想到的就是雷諾老爹的名字。

「那為何……」里奇似乎要提出問題，但我馬上打斷。「你是說為何史書上沒有記載，對吧！」我話一說完，他點頭稱是。

「那是因為奸人陷害，所以將整個家族的功績從史書上抹去。」我嘴上嘆了口氣，心裡卻對自己的瞎掰能力快笑出來了。但請各位放心，雖然想要笑出來，但由於臉上露出一種哀傷的面容，反而變成一種啼笑皆非的效果。

里奇・阿克曼似乎也有所感觸，他表示完全體會：「看到你這種哭笑不得的表情，我完全了解。這正是現實世界中的荒謬現象。幾年前我表哥也差點被除名貴族，所幸小人的計策曝光才倖免於難。」

「原來是這樣的。」我只好配合的點點頭了。

沒想到他一打開話匣子停不下來了。他訴說著小人如何設計、誣陷，以及家族的人如何拯救、國王如何判定。我則從目光炯炯到目眩神迷，接著變成目瞪口呆最後到目光呆滯為止。由於過程太痛苦了，所以我先替各位跳過這一段了。

總之，里奇那天也在農場住下來了。晚飯時他告訴我，他可憐的隨從在半路上就被盜賊給殺害了，雖然我現在算不上是真正貴族，他希望我能發揮騎士精神，護送他到東方的目的地。

「該不會是藍月之城吧！？」我心裡想，應該不會這麼巧吧。

「當然，誰會去那種地方。」里奇大概為了消除我擔憂，馬上澄清。「正確來說，地點是東方向約二天行程的多魯爾鎮，位於兩國邊境但屬於泰卡的領土。」他看我猶豫不決，又補充了話，「你願意的話，我可以支付三個銀幣的酬勞。」

我想到這麼遠他都走過來了，就剩二天還要請個保鑣。後來里奇將銀幣加到五個，我也就答應了。除了賺錢外，稍微靠近藍月之城，除了感覺有像在處理事情外，或許藍月之城城主如果改變心意接受調解，彼此也能盡快聯絡上。

這樣說有些異想天開，但誰知道呢？當時我還在想，搞不好半路上和馬斯多塔不期而遇也說不定。

不過以上預想並沒有發生，就這樣我們到了那個鎮。後來我發現目的的不是到多魯爾，在吃完飯後里奇便離開鎮，領著我向附近山腰的一棟大建築物走去。建築物十分平凡，有木排製作的圍牆，而且還有門禁管制。

這位里奇・阿克曼畢恭畢敬的向門口的兩個年輕人遞上一封淺藍色的信封，其中一人把信帶走，另一個人則帶我們到門旁的小木棚休息。這小木棚很窄，只放了四張椅子便已經沒有空間了。等待十分漫長，加上連茶水也沒有，讓我無聊到打盹起來，一直到聽到人的聲音，才稍微驅走睡意。

「請問兩位都是來求見奧特大人的嗎？」一個穿著黑衣的配劍年輕人如此說著。

「哪位奧特大人？」我才說完，里奇便將手指放在嘴巴中間，示意我不要開口。

不過他自己開口了，「奧特大人看完了公爵的介紹信吧？里奇・阿克曼，希望能覲見賢者大人。」但當對方說：「請你們跟我來吧！」之後，里奇卻說，「這位是我的隨從，讓他在這裡就可以了。」說完後，他向我做個坐下的手勢，之後又比了抱歉的手勢。

我那時也不稀罕這種會面，而且對里奇的無知感到可笑；但卻對自己居然因此來到金牛山而覺得神奇。

然而里奇一直沒有回來，在無聊地等待中我又打了瞌睡，醒來時旁邊已經多了一對主僕了。看著他們我想到，里奇雖然雇用我護送他，其實最重要的目的是要有個體面的隨從，派頭才是重點。

沒多久又出現之前的黑衣年輕人，把我旁邊的主僕帶走。這時我才發現里奇真是太不夠意思了。我向來不喜歡等待，而這傢伙居然讓我等這麼久。沒有過多久，一名黃衣服的年輕人路過木棚前，他只說了：「怎麼還有訪客？」招招手示意跟著他走。

走到半路，黑衣年輕人正好迎面而來，他一看到我露出吃驚的樣子說：「你怎麼還在這裡？」接著轉頭對黃衣男說：「他的主人已經被趕出去了，不用帶他進去了。」接著他們做手勢請我離開。

「等等，那傢伙才不是我的主人。」面對這樣的好機會，我當然要試試。「我也是來求見大賢者的。」我說。

「那之前你為什麼承認自己是僕人？」

「僕人？我以為那傢伙是說『跟他一起來的』。」我如此硬拗過去。

「不行！如果不是看在介紹信的面子，大賢者是不隨便見人的。」黑衣男拒絕了。

「拜託，我有很重要的事情。」雖然我這樣說，但得到的回答是：「每個來這裡的人都這麼說，所以我老師才會說：『重要個屁！』」黑衣男說完，黃衣男也附和。

「這可是牽扯到吸血鬼危害人類啊。」我說。

「天塌了也跟我們老師無關，更何況是你這種來路不明的傢伙講的話。」他們的口氣開始不耐煩，而且旁邊又有兩個人靠了過來。

為了避免誤會升高，我開始解釋說：「我不是來路不明的人，我是馬斯多塔的弟子，正代表奧斯卡領主調解藍月之城的事情。」可是我話還沒講完他們就開口了，以致對話後半段是同時說出。

「狂妄的傢伙，自稱是馬斯多塔。」對方其中一人說了。

我平舉起手來辯解：「等等，你們聽錯了！我不是馬斯多塔，而是馬斯多塔的弟子。」結果這樣說，反而有如火上加油。「你以為你的老師自稱馬斯多塔我們就會怕了？告訴你，像你這樣不自量力來找我們老師比試的傢伙，沒有一個有好下場。」黑衣男說完後，已經有二個人拔劍，而且遠處還有一個少年帶著二名披鐵甲的士兵過來了。

看來他們誤會我來踢館了。不過我自信打得過幾個拿劍的人，等制伏他們再來解釋會比較好。我唸起了空氣咒文將氣彈形成於手上，然而太緊張而忘記用丟了出去，卻因此因禍得福，在唸第二次時手上就有兩個氣彈了。我模仿著馬斯多塔施術時那種輕慢的表情，將兩顆氣彈朝左右兩側的樹上扔去，兩次的響聲讓兩旁落下手腕粗的樹幹。

由於這靈光一現我發現了新的法術，準備在這件事後命名為「約翰．斯萬大爺雙氣彈術」。當然大敵當前我必須壓抑住內心創作的喜悅。

就在感動之餘，我發現對手們即無驚訝，也沒有不屑，只是忽然從左方飛來一顆拳頭大的火球，擊中我前方的地上，頗有示警的意味。這下換我吃驚了起來，我都沒聽到咒文，哪裡來的火球。

「這邊不是只有你一人是法師！」黑衣年輕人笑著說。

由於戰局出乎意料，我想換個攻擊方式，讓對方措手不及，拔出那把「屠龍劍」後，我才想起馬斯多塔的警告。

正如那句俗話：「拔出鞘的劍難以收回。」既然如比只好硬著頭皮硬上了。我使出那套不知道叫什麼劍術的第二招「火蛇吐信」劍鋒左右搖晃向黑衣人刺去。我發現其他人沒有幫忙的意思，顯然他們認為黑衣男子沒有問題。

黑衣男子本人只是些微錯愕，然後面帶笑意的後退避開。當然結果也應該是如此，這些招式與其說是劍術，不如說是劍舞。

黑衣人似乎等著看下一招的心態，並沒有後續動作。看到他過度輕敵，我一招「火狼衝擊」向他刺去，坦白說我一向認定這是個自殺的招術。對方嚇一跳後用力砍來，我則運用「火蛇纏身」跳起來護住全身。劈來的一劍非常剛猛，是北地傳統劍術，也差點讓我手上的劍被打飛，但因我預測到這點所以死命握緊自己的劍。

我付出的代價是右手全部麻掉了，雖我故做鎮定，但劍已經快拿不住了。

「奉國王之命立刻住手！」跑過來的其中一個士兵喊著，雖然只有短短距離，但我覺得他們跑了一個下午之久。當然我很樂意服從這個命令，立刻把劍丟了。

不過奧特的弟子們似乎不想罷手，我此時再把劍撿起來也太難看了，更何況沒有勝算。我只能把眼睛閉上，看他們會不會了解到爭端結束了。不都說：「英雄不對無還手能力者下手。」

「全部住手！」又有人喊了一次，只不過這次換上沙啞的聲音。我張開眼睛一看，是一個留著山羊鬍子穿著黃黑兩色法袍的老人，我那時猜測大概就是奧特了。

他張大眼睛站的挺直，舉起了雙手，彷彿要施展一套驚人的法術。

「老弟！」奧特大喊了一聲。

奧特弟子們被突如其來的轉變弄得不知所措，當然我也一樣。但我想不出化解危機更好的方法，於是我也仿效奧特的動作，舉起雙手大喊：「老哥！」

我看著他走過來，也跟著走過去，一路上的安靜無語，呈現一種詭譎的氣氛。到我們靠近的時候，奧特從頭到腳打量了我一次，說了聲：「很好。」之後，他指著房子對我說：「老弟！來，我們邊吃點心邊聊。」

這樣戲劇性變化，我除了一頭霧水外依舊有一絲不安的感覺，這狀態持續到我在奧特的書房坐下之後。

「老師近來還好吧？」奧特老哥這樣問。我想這裡開始應該用這個稱呼比較妥當。

當他這樣問時，我並不十分確定的問他，「是指馬斯多塔嗎？」奧特老哥聽完後，一臉原來如此地摸著他的山羊鬍鬚說：「原來老師現在稱為馬斯多塔啊！」

「那馬斯多塔是什麼意思啊？」我問。

「你不知道嗎？」奧特老哥稍微張大了眼睛才說：「這個名詞在魔法語中意思就是『全知全能者』。此外，隱藏的另一種含意為『如神一般的人』。」

聽完我苦笑著：「我還以馬斯多塔仇家如此多，一聽到這名號就要拔劍相向。」講完後我小聲說，「自稱『如神一般的人』會不會太誇張。」沒想到奧特老哥居然說：「不會。」他說「老師自認為是如神一般的人，沒有說自己是神，已經謙虛了。」

我什麼都沒說，但奧特老哥又點點頭說：「的確十分合適。」

「奧特老哥，為什麼你會知道我是馬斯多塔，就是你老師的弟子。」我搔頭問。我稱呼一個年紀差距極大的人「老哥」，實在有些肉麻，不過我發現一回生二回熟，到第三次不這麼繼續稱呼下去反而彆扭。

奧特笑得很開心，「就是那個沒有名字的劍舞啊！」他看起來在回憶，「十五歲時老師教我這個劍招，雖然看起來華而不實，但是耍起來心情特別愉快。」奧特老哥說完後，我表示完全認同他的觀點。

接著奧特老哥表情一變，表情嚴肅。「我這輩子習遍各式劍術，威力都在老師的劍式之上。然而後來我發現錯了，老師真正的劍術可能需用魔法驅動，這是我到目前為止能想到的。」接著他解釋：「老師的劍有著東方姆瑞爾大陸的風格。原本那裡的劍都是單手使用，劍身稍短；北地的劍長且重，雖然速度稍慢但威力十足。據說老師的法爾達劍術遠勝東方大陸的劍術許多，但在飛天魔女死後，老師發誓不再用北地劍術了。」

奧特老哥嘆口氣後，問起馬斯多塔的近況。我則把在前途未卜之道遇見他，以及莊園的生活和奧斯卡領主的委託、最後來到泰卡的金牛山為止的奇妙遭遇，毫無保留地告訴他。「老弟，你真是個幸運的傢伙啊！」奧特老哥眼前瞇成一條線呵呵笑著。

奧特老哥也說藍月之城的事情他就不出面了。給年輕人歷練是他的看法，凡事奧特大賢者都出面，那就扼殺了新一代的英雄誕生。一個一百零五歲老人最重要的事，不是引領時代風騷，而是培育年輕人才。這讓我對這樣的胸襟大為敬佩。不過他也透漏消息給我，要我在這裡住幾天，保證會有意想不到的結果。
　　我們聊了很多。首先當然就是馬斯多塔超過一百零五歲的壽命，這讓我想起先前在莊園時，大家舉杯祝禱園主「長命百歲」著實好笑。另外，從奧特老哥談話中，我了解到馬斯多塔收了四次徒弟。最早的兩個人羅森跟莎莉恐怕能力與奧特老哥不分軒輊。馬斯多塔的第五個兒子與羅森在浩大戰爭中掉入圈套，在克里西亞王國的王宮裡中伏而死，該國上下視為莫大勝利。
　　二十七年後馬斯多塔自稱是喀斯金達加，摧毀克里西亞王族並統治克里西亞，這就是南地歷史中有名的「煉獄之王」。但後來馬斯多塔厭倦了這種生活，祕密訓練四個人來「消滅」自己。這四個人就是南地歷史有名的克里西亞四英雄。奧特這樣說，讓我大為震撼。即使到了今日，煉獄之王的崇拜雖然在北地合法，但仍被視為少數憤世嫉俗或心懷邪念的人，他們所膜拜的偶像。這是在〈巴隆納大陸人民與諸神信仰〉裡頭所記載的。
　　據說在四英雄消滅魔王後數年，不知道怎麼了，他們發現真相。其他三人選擇當做不知道，另一個人卻因為衝擊太大，動搖了她對神的信仰，最後變成人人恐懼的「飛天魔女」。
　　不過馬斯多塔認為飛天魔女大肆殺人，是渴望能夠獲得上天的懲罰，證明自己相信的神與正義仍然是存在的。在她如此過活了十多年之後，看不下去的馬斯多塔改變形象加入某個除魔隊伍，親自結束了她的一生。
　　馬斯多塔後來就不想再收弟子了，直到遇到奧特。
　　當時馬斯多塔至朋友家赴宴，中途發現抱著嬰兒在懸崖邊排徊的美麗女子。馬斯多塔猜出什麼事了，告訴女子他可以幫忙解決問題。這女子就是奧特老哥的母親。

奧特老哥的母親因為被當時的卡西卡亞領主皮耶看上了，於是逮捕並殺害了他父親。老哥的母親不願就範，雖然走投無路，卻又不忍心讓奧特老哥陪自己赴黃泉。

後來馬斯多塔帶他們到泰卡，買了座農場讓他們生活。馬斯多塔經常到農場造訪，到奧特老哥十五歲時，才正式為他魔法開導並傳授所有技藝。

順便一提的是前任邦卡國王忽然發現自己的南地血統，因而政治立場倒向普隆達尼亞並與北地聯盟決裂。後來邦卡國王受到普隆達尼亞的新王朝當面侮辱，才重新和北地聯盟結盟。奧特老哥說前任國王是：「只有看到普隆達尼亞血統，而沒有看到為何離開普隆達尼亞。真是對歷史一知半解的蠢貨。」

當時奧特老哥已經是名滿泰卡的英雄，並且是泰卡國王賓巴士卡的摯友。賓巴士卡國王抓住這機會，派兵攻入卡西卡亞領活捉皮耶並押送回泰卡。泰卡國王當著奧特老哥的面下令鞭打皮耶。老邁的皮耶只受了二十四下鞭子就一命嗚呼了。卡西卡亞領則受到泰卡統治，一直到邦卡與北地聯盟恢復邦誼後才歸還。歸還條件是卡西卡亞領內必須增加一條聯盟諸國法律：任何人未經審判，國王不得肆意拘禁或殺害。

我告訴奧特老哥，當初讀到這一段歷史：「整個人特別爽快！」奧特老哥笑著撫鬚說：「感覺的確很好！」但他提醒我：「除非你決心與對方周旋到底，不然你永遠不知道，對方之所有沒有報仇，究竟是能力不足或是時機未到。」

接著我好奇起有關他的傳聞。其中最有名的傳說就是空中現身的傳聞。當年在泰卡時，有兩派不良份子在奧特老哥的別墅附近械鬥，此時流氓們忽然聽見天空傳來巨大聲音，喊出「你們鬧夠了沒！？」流氓們抬頭一看雲中顯現出奧特老哥的巨大影像，接下來天空落下兩道天雷，擊斃了兩派人馬的老大，於是滋事分子一哄而散。

奧特老哥聽完後拍桌大笑，說沒有想到這故事傳的如此誇張。他說當初確實使用了一種擴大音量的術，這種法術是使用和龍咆嘯相反的方式施展出來。龍咆嘯是將氣體凝縮在臉部前端，再將咒文或聲音將其投射出去，至於奧特老哥發明的這個法術，是在使用時解除凝縮使之散開，藉由凝縮後再散開的力道，可將聲音帶到遠方。

不管你們信不信，當時天空碰巧打了雷，雖然沒打中任何人，但這樣的氣勢已經夠讓兩幫人馬心驚膽裂了。隨著流傳越遠，故事中的程度越誇大，傳到邦卡已經不只是劈死兩幫帶頭的人了，還增加了空中顯像的情節。

我曾經在書本上讀過「龍咆嘯」這個術，威力十足且非常的帥氣，因此我請奧特老哥特別傳授。他閉眼撫鬚了許久，才張開眼睛。

「老弟，不是老哥不願意傳授，這可是高等的氣體系法術，向來只有擁有多隆斯坦資格的人才有辦法施展。雖然說擁有多隆斯坦資格的人不一定會學這個術，但使用這個術的人一定是多隆斯坦。」

「那我什麼時候才能成為那個『多隆斯坦』。」我好奇問。

奧特老哥很為難的表情說著，「『多隆斯坦』的魔法語意為『如同龍一般』，恐怕老弟你短時間內無法有被稱為多隆斯坦的能力。。」

「什麼短時間？老哥你太給我面子了，是這輩子根本就不可能了。」我笑著說。

沒想到我的直接讓奧特老哥也開心的笑了起來，他說：「沒錯沒錯，我這個做老哥的太不坦白了。從古至今能稱為『多隆斯坦』的人確實是不多。」不過他眼神一變，帶點調皮口吻接著：「不嫌棄的話做老哥的倒是可以讓你體驗一次。」我一聽，站起來說：「真的！」奧特老哥點點頭說：「不過只能用一次。」「那有什麼關係。」我說。

奧特老哥叫我把脖子伸長，像等著被砍頭那樣。他伸出食指在我脖子上畫啊畫，後來笑嘻嘻地叫我去照鏡子。看到脖子上紅色的符文，我嚇了一跳，但老哥說一會兒就淡掉不見了。

接著就是發動咒文的設定了。雖然大喝一聲就可以發動，但生活中大喝一聲的時機太多了，凡舉撞到桌角、呼叫酒保、撿到金幣、與人對罵等等不勝枚舉，所以必須加上禁制。由於我不通魔法語言，奧特老哥建議我可以用不常說的句子。我選了「斯萬大爺，爺大萬斯」作為解除禁制的用語，奧特老哥連稱很有趣。

但當我求證趕走村民的故事時，奧特老哥火氣就上來了。他說他現在已經是泰卡的一介平民，邦卡的災民是邦卡國王的責任，「他們又不向我繳稅。」老哥的話，我完全贊同。雖然奧特老哥出生在邦卡，但他一直以泰卡人的身分為榮。他向我講了許多泰卡的風土民情，雖然沒有阿爾薩斯那種幽默奇趣的描述，但這種樸實像極了家中長輩懇切的叮嚀與提示，讓人能夠完全接納他的觀點並產生嚮往。

我也問了阿爾薩斯大法師的下落，本來以為會讓他不高興，但奧特老哥只是驚訝地說：「你沒見過他嗎？」然後又自言自語說著：「可能他另有用意吧。」

最後我問了奧特老哥似乎沒聽到咒文就發動魔法攻擊的事情，他說這只是咒印。當我希望他也能傳授一招半式時，他則告訴我咒印派的施展需要「天生魔人」才行，也就是魔法資質需在一定程度之上。這除了解釋了馬斯多塔為何只傳授我咒文外，也證明了奧特老哥的弟子們已經算是資質出眾了。不過奧特老哥小聲告訴我：「關於資質與咒文的關聯，我的弟子們並不知道。為了不讓他們太自傲，我從未提起資質與咒印的關係。再說不學咒印的法師，也有許多出類拔萃的人。」

我當晚就在宅子的餐廳用餐。由於一切伙食皆由國王供應，菜色內容並不輸給莊園。奧特老哥說從泰卡的王家大法師退休後，他應泰卡國王請求來此授課，目標是十年內幫助整個北地訓練出一批法師。由於奧特老哥不喜歡貴族，上一批十人中只有兩人擁有貴族身分。目前只有五個學生，所以想來學習的人絡繹不絕。這五個分別是黑衣服的商人兒子約翰（和我同名）、黃衣服的凱羅、東尼、法羅斯亞和最年幼、年僅十五歲的科特。至於士兵則是國王派來驅逐像我這種賴著不走的不速之客用的。

值得一提的是第二天早餐後，我和奧特老哥聊到馬斯多塔釀出了一種好喝的葡萄酒，奧特老哥忽然要求我演練一次劍術給他看。我每施展完一招，他都拍手叫好，當我全部展示完畢時，他已經老淚縱橫了。

他說看著我施展這劍式讓他回想起許多的往事，我知道並非是劍術本身引發的感動，而是在劍術後面所連帶出來那些我並不知道的往事。

不過老哥的弟子們顯然不了解到這一層面。科特問到：「老師，我實在看不出這樣的劍術精彩在哪裡？」

奧特老哥站起來，微笑說著：「切記，任何平凡的東西都能藏著不平凡。」

奧特老哥從科特身上抽出了劍，然後轉身叫約翰（不是我）和法羅斯亞向自己攻擊。他的兩名弟子看起來很開心，在互看了一眼之後，一起出劍朝奧持老奇刺去。

奧特老哥以極快的速度將手上的劍畫了一個圓形，我知道那招是「火花盛開」。他手上的劍以不可思議的快成了朵盛開的花，接著他手肘一轉，這花便成了花苞包住了約翰及法羅斯亞的劍，奧特老哥手一往後揚後，兩人的劍已經飛起並拋在老哥身後了。

「怎樣？」奧特老哥轉向科特問。他看著科特沒有回答，開始解釋看平時雖然法爾達劍術可勝於任何劍術，但如果遇到高手還是會敗下陣來。

此時科特忽然喊著：「不對！」奧特老哥好奇地望向他，科特才開口說話。「如果對方像老師這樣的對手，根本不用打就分勝負了。但假使他反而大費周章用劍術，那不趁機逃的才是傻子。」奧特老哥聽完後哈哈大笑，他說：「科特已經快要了解戰勝對手的方法了。百戰百勝的祕密，其實就是絕不和比自己強的高手挑戰。」我不知道他們記住了沒，我倒是記住了。

由於我喊奧特「老哥」，他們也不敢稱我大哥，混熟後大家都用「老大」來稱呼我。我和他們胡亂學了幾句泰卡和薩蒙的語言，不過多半是罵人的。此外奧特老哥在教授方面確實勝過馬斯多塔許多，在他的指導之下，我已經能完全掌握了初階的火系魔法。至於我以為是獨創的「約翰・斯萬大爺雙氣彈術」，當然在他面前我是說「約翰・斯萬雙氣彈術」的這個魔法，聽完後他哈哈大笑。他說在柏德斯所著的「氣體魔法基礎」裡頭著介紹同樣的魔法，但咒文跟手續更加簡潔。當我跟他說自己完全不懂魔法文字時，他則苦笑了一下，便將那個「雙手氣彈術」，也就是「約翰・斯萬大爺雙氣彈術」講解了一次，還勸我有空要多讀書。

至於老哥說的「意想不到的結果」，就在到達金牛山的第五天下午出現了。一個二十人隊伍由一男一女的騎士帶領，來到這裡拜訪奧特老哥。

他們在我抵達之前便已經寫信給他們以前的老師，也就是奧特老哥，請求他親自出馬或給予援助。

這些來自泰卡東方的黑木之門騎士，是奉命來剿滅藍月之城。黑木之門雖然是依靠貿易的小國家，但在聯盟中的立場往往是主戰派。黑木之門原來稱為北地之門，首都是北地最大的貿易港口，北地聯盟攻下這裡後，魔空國王讓自己的第三個弟弟來此地成為國王。王國成立後不久，就發生大商人密謀讓普隆達尼亞軍隊偽裝成商船入港的事件。第一任國王將計就計，全殲了普隆達尼亞軍隊。事後憤怒的國王在港口旁豎立巨大黑色木頭，將一干叛國商人釘死在上面，對來往的貿易船隻以敬效尤。為紀念勝利並警告叛變，改稱黑木之門。

黑木之門現任國王的父親，前國王卡卡特。生前曾經在宴席中受到藍月之城前城主的侮辱，但礙於整個聯盟的藍月協定，他無法報一箭之仇。他在臨終前告訴他兒子，有機會的話一定要替他出了這口惡氣。

然而邦卡在數十年前曾經背叛聯盟，雖然藍月之城此次將邦卡的貴族轉化為吸血鬼，但只要不攻擊北地聯盟的人民，聯盟倒是樂意睜隻眼閉隻眼的就算了。本來黑木之門也可以如此，如果前城主邦德布雷克沒有嘲笑過他們國王的話。

總之，黑木之門現在抓住了這個藉口，以破壞協定之名行報仇之實。祕密調動軍隊通過泰卡，而駐紮在藍月之城附近了。

奧特老哥向這兩位騎士，分別是男的洪斯與女的喀斯卡，推薦由我陪同他們前往。這不僅讓他們大吃一驚，我也大吃一驚。老哥小聲向他們說明後，也過來小聲地說：「安心地去吧，沒有問題的。」我則趕緊小聲地回答：「怎麼會沒有問題，我根本是一個不入流的法師啊。」奧特老哥將手掌擋在嘴前說著：「我估計他們倆個以及帶來的人馬應該足夠了，只是他們還缺乏自信。」又說：「你只要跟在後面搖旗吶喊就可以了。」他這麼說，我只能點點頭了。

然而雖然我不太情願答應了，但還有人更不高興，那就是喀斯卡小姐。這位女士已經三十二歲了，但只看外表的話是無法猜出來的。她不僅高出我一個頭，體格也十分健美，更重要的是外貌有一種年輕少女所未有的成熟美。這猶如一顆果實正處於糖分最高，下一刻就要開始增加酸味的那種頂點。當然我猜她對我的不滿意，可能跟我一直盯著她看多少有些關係。

另一位洪斯是五十多歲的大叔，他倒是十分客氣。由於奧特老哥並沒有解釋我們的關係，所以他都稱呼我小老弟。他不只是騎士，而且還擁有男爵的身分，這樣謙虛的貴族在邦卡是很少見的。

當然，第二天一早出發前我看到小約翰，也就是另一個約翰跟著奧特老哥走過來。小約翰配著長劍，穿著閃閃發亮的金屬鎧甲，胸前還打了個跟我相同的酒瓶標章。奧特老哥叫我帶他去見識一下，還解釋雖然只是我的臨時隨從，照樣要配合帶隊者的裝扮。看到小約翰一臉正經的表情，讓我對奧特老哥的惡作劇暗自覺得好笑。

我想到馬斯多塔說過關於性格的問題。他比喻每個人小時候心中都住著一個小男孩，隨著年紀的增長，會一直有年紀更大的人接管並指揮這個身體。雖然如此，那些失去掌控權的小男孩、大男孩並未離開。偶而，他們的一些建議，還會被當時掌控身體的那個成人所採納，這就是每個人孩子氣的由來。我想這可以用來解釋奧特老哥的行為。

話說回來，告別金牛山和奧特老哥後，我們一行人便匆匆趕赴邊境的駐地。我們黃昏到達時，營區已經升起晚飯的炊煙。這個駐地四面都有木牆與乾壕溝，儼然一座小型要塞。來自黑木之門的二千名步兵跟一百名騎兵都安置在裡頭。此外還有大法師三人跟幾座非常簡易的衝城車。我曾經試圖向喀斯卡小姐建議，這種只能由六名士兵推動而且沒有防護的攻城器械，是毫無作用的，結果招來白眼。後來洪斯跟我說，因為需路途遙遠而且快速行軍，所以不可能帶太大型的機具。此外，營區內上下對奧特老哥未能親自前來有著些許失望。

雖然他們對奧特老哥只差遣兩個年輕人到來感到失望，但次日清晨來自薩蒙的援軍，大大提升了士氣。雖然只有一百人的騎兵隊伍，但是卻額外帶著十五名大法師，領隊的是薩蒙王弟芬克隆尼。聽洪斯說這種法師陣容已經是大戰的規格了。當然，這一切是因為薩蒙國王和這位黑木之門的遠房堂兄弟，私交非常友好所致。

第六節　藍月之城攻略戰

軍隊開始朝向藍月之城前進之時，我才發現喀斯卡小姐是這次的指揮官。洪斯說她是憑藉自己的實力爬到今天這個位置。此外軟弱的男子一向最為她所厭惡，因此她旗下的將士都是以驍勇聞名於黑木之門。

坦白說她也是我喜歡的類型，但她似乎對我這樣莫名其妙的人，能獲得她老師的重視深感不滿。我猜想能獲得她垂青的，唯有比她強悍的男子吧，洪斯也是這樣說。洪斯還說她本來有意替大兒子向她求親，但忽然有種不好的預感，因而作罷。我後來發現自己在這路上的話題都繞著喀斯卡小姐，一次也沒提到這次的戰役，這是洪斯提醒我的。他勸我趕快打消接近喀斯卡小姐的這個念頭。

藍月之城由於緊靠著湖畔，出入口只有一座寬敞的石橋。到達該城後，喀斯卡小姐將主力部屬於橋的正面，只在左右兩側關鍵地方部屬少量埋伏的軍力。我當時問著如果對方從後方逃走怎麼辦，也許是個蠢問題，喀斯卡小姐回答著：「如果他們能飛越整座湖，那我也認了。」

喀斯卡小姐的判斷非常正確，對方緊閉門戶不出，彷彿裏頭沒人那樣靜悄悄。喀斯卡小姐下令弓箭手準備火箭，然後將四台衝城車帶到橋前準備。這時忽然走出一名官員，本來我以為要朗讀宣戰條文之類的文件，這名自稱治安官員的人宣讀的是法院逮令。洪斯幫我翻譯說，那官員指控邦德布雷克犯了偷竊、走私、販售毒品、生活荒唐及相貌醜陋五項罪名，並在最後提到「你的國王下令，立刻向王城東區治安人員投降並接受審判！」這聲明侮辱意味十足，完全不承認藍月之城任何地位。

我一時興起也走到橋頭，拿出調解人文件大喊著：「我是來調解邦德布雷克先生與第十八任妻子克萊兒女士的感情糾紛，請邦德布雷克先生出面一談。」洪斯上前用泰卡文再複誦一遍，後面開始笑聲不斷，顯然將士們認為我所說的話更有侮辱的效果。

此時一顆大火球像我飛來，所幸小約翰也發射了一顆不相上下的火球將其打落。喀斯卡小姐則趁機舉劍喊著進攻，大量的火箭掩護四架衝城車前進，開始撞擊藍月之城的城門。

然而城門上傾倒的熱油及魔法發射的火球讓衝城車立刻毀了兩架，並造成十多人死傷。喀斯卡小姐並未下令猛攻而叫前方的士兵撤隊到安全的距離。眼看著如此短時間內，全部衝城車已經毀壞在城門前。

我一方面擔憂喀絲卡小姐是否有其他攻擊方案，一方有預感自己大顯身手的時候到了，問題剩下如何請纓出馬，就可以一吼成名天下知了。想到這裡我內心激動起來而不禁全身發抖。

「這樣就怕了，大法師！」喀絲卡小姐冷冷地說。

「事情並非妳想像的那樣。實際上我正因為看到我方的傷亡，基於憤怒而氣到發抖。」我不服氣回答著。

「那麼憤怒的法師，你可以為我們突破目前的困境嗎？」她回答時雖說面無表情，但我知道她只是在嘲笑，並不指望什麼，顯然她有新的計畫。

我向她行個禮說著：「在下願意為喀絲卡小姐攻破這個城門。」這大概是我所說過最接近告白的文字了。說完後洪斯發出：「喔喔！」隨即覺得不妥而閉上嘴。

喀斯卡小姐並沒有任何反應，好像我剛剛沒有說任何話那樣，這讓我有些感傷。她如果願意嫁給我，不用說城門，我就是一個人也要為她攻下整座城。不過這些話她是聽不見的。

我一個人走到橋頭，可以感覺到全軍好奇與屏息以待的目光。我用只有自己聽得見的聲音解除奧特老哥的禁制「斯萬大爺，爺大萬斯」，然後我吸了一口氣大聲喊著：「喝啊！」眼前一股強大的波動力量伴隨著巨大迴音，瞬間將城門衝破。雖然施術當下並沒有後座的力道，但之後反射回來的氣流讓我退了兩步。接著周遭颳起了一陣風，奧特老哥說這是因為巨大凝縮的氣體在發射後造成真空，這些強風便是填補這真空而帶來的氣流。強風過後則是一片歡呼聲，我方的所有人都因為城門被攻破而被激勵了起來。

我看了一下喀斯卡小姐，她是一臉驚訝；洪斯則是一副原來如此的表情。我發現小約翰表情沒有任何崇拜或震驚，心中不免抱怨幾句。然而我立刻理解到，他之所以面無表情，那是因為他認定我擁有這樣的能力是理所當然的。這讓我對自己胸襟的狹隘感到無比慚愧。

城門大開後弓箭手們開始朝向城牆的任何窗戶和孔洞射擊，大門附近已經躺者數名吸血鬼的屍體，因此約百名手持雙手大劍或大型戰錘的鐵甲武士急忙衝入為軍隊開路。先鋒隊伍之後有六名大法師也跟著奔跑進去，他們在經過我身旁時皆向我點頭致意。

然而我知道這一切要歸功於奧特老哥，他這個術不僅強大到媲美最大型的衝城鎚，還能把大門通道的守衛全部震死。如果他親自到此，藍月之城只能提早進入絕望了。

沒多久城門出現一名士兵大喊，「已經打通第二個大門了！」喀絲卡小姐下令洪斯率領人馬進入增援。洪斯的三十人隊伍穿著的盔甲既獨特而且又華麗，不少人背後還有披風。手上不同造型的盾上有不同的標誌，可推測每個人應該皆為有名的劍士。緊跟在後的是十多名弓箭手。看著他們入城，小約翰建議：「老大！我們也進去。」我則回答：「嗯。」

我們進城時已經有士兵在牆邊拋勾爪了，並且又有一小隊手執戰鎚與雙手劍的人搶在我和小約翰之前。我一進到城中就聽到各種淒厲的叫喊迴盪在城堡中。

我第一個看到的是轉角處一個穿著鎧甲但青面獠牙的人，正受到四名拿著雙手戰鎚的戰士圍攻。他臉部中了一箭，我找了一下果然不遠處有個弓箭手。這可憐的吸血鬼最後因無法使用咒文，不過我想就算不中箭也沒有時間唸咒文，就這樣被戰鎚活活敲死，我預感這就代表著藍月之城的命運。

其實吸血鬼裡頭都是俊男美女，只有當他們放鬆或全力一戰時，才會顯現出一個吸血鬼原本的模樣。藍月之城先前把一位吸血鬼的美女嫁給泰卡國王當第三夫人，以致泰卡王國在這次事件中保持中立，我這樣講各位應該知道這位夫人是做了多大的犧牲。她必須時刻不能放鬆，否則不僅嚇到國王，還可能提前為藍月之城帶來毀滅。

我在城裡或許看起來是慢慢地走著，但居然沒有任何吸血鬼前來挑戰，當然理由之一是他們都同時受到許多戰士的圍攻。至於稍微展現強大法力的吸血鬼，則很容易會吸引大法師加入戰鬥。

我們在一樓中最接近實戰的一次，是一枝巨大冰矛向我射過來。小約翰在慌亂中緊急張開了一個弧形物理盾，雖然暫時擋住了這一擊，但他被震到差一點跌倒。我想小約翰想的和我一樣：遇上了厲害的傢伙了。

但正當我們找到冰矛的來源時，看到的是一個吸血鬼跪在一名全身包覆鐵板甲，手執雙手劍的戰士面前。這一幅畫面有點像晉升騎士的儀式那樣。戰士將雙手劍放在他肩上，只不過劍身不是平放而是垂直，吸血鬼便被冊封為天使了。

由於一樓大致上已經被我軍壓制了，除了零星的抵抗外，許多剛進城的戰士們都已經直接衝上二樓。但我要告訴各位，雖然名聲會為你帶來榮耀，到它同時也會逼迫你前進到不想要的地方，當時的我就是如此。

由於我成了攻破城門的英雄，這使我幾乎沒有退路，只能隨著攻擊方向繼續前進。各位試想，如果此時逃走了或膽怯了起來，喪失的將不只是原本的榮譽，而是增加更多的恥辱。所以那時候的我，就是被這種力量推動著，而不得不一步步往前行。

當然，我當時內心覺得對不起小約翰，因為我準備萬一真的遇到強敵，只好使用那個可怕的召喚咒語，到時無辜的他也將隨著這個同歸於盡的方式陪葬掉性命。而且我還沒有將這個打算告訴他。

我們剛上二樓時前方廝殺到一片混亂，我跟小約翰提議我們從另外的樓梯登上三樓，這樣可避開無謂的戰鬥。

我盡力了朝向戰鬥較少的地方前進，在西面牆角發現一個狹窄的樓梯。當我要上樓前小約翰停下腳步並拔出佩劍，沒多久躲在樓梯口的一個吸血鬼提劍衝了出來。

小約翰手指比了符號，便有一條手指般粗的藍色電流隨著手臂發射了出去。吸血鬼以不可思議的速度用劍擋住並牽致住電流，他一直唸著咒文，劍柄處出現一條銀色的光線，將小約翰的電流引導入地板。這是一個聰明的動作，顯然對方已經評估過自己的魔力不如小約翰，即使張開能量盾也無法抵擋。

然而小約翰並沒有放棄，他持續放出電流並一直朝對手前進，連我也猜出他接下來要靠近對方刺上一劍了。

吸血鬼感到危險，他緊急後退並擲出火球，迫使小約翰必須張開一個小型能量盾來擋住攻勢。

即使如此，吸血鬼在擲出火球的瞬間已經停止了電流的引導，雖然時間短暫，但電流已經足夠將他擊倒，並躺在地上奄奄一息地抽搐著。當小約翰準備上前補上一劍之時，忽然飛來一顆火球，對方就在烈焰中結束了生命。

投出火球的是個薩蒙的大法師，他在看了吸血鬼一眼後，便找下一個目標去了。小約翰後來說這是他第一個生死相搏的對手。

然而即便是投出火球的大法師，也沒有注意到這個只有一人寬的樓梯。我們循著階梯上爬，到轉角處有一個像著臉色發青有如垂死般的老女人，拿著匕首向我大聲吼了幾句話。我看她的裝扮應該是廚房的僕役之類的。

因為看我沒有回答，後方的小約翰講了幾句我聽不懂的話，對方便垂下手來，接著慢慢變成一個令我大驚豔的美女。她很快再次舉起匕首朝自己的心臟猛力一刺，整個人倒地滾到了我的腳前。

就在她舉刀自盡的瞬間，我曾經伸出手阻止，並且「啊！」一聲叫了出來。看到一個剛相遇的美女在我眼前香消玉殞，讓我若有所失。

「老人不用自責了。」小約翰在後面說著，「僕役就算是無辜的，但戰爭是不會挑選對象。」小約翰說完，我只能對他苦笑了一下。

上面銜接樓梯的是一條狹窄的走廊，盡頭房間裡有一個擺滿了酒的牆面，此外桌子上放置著各式的派及糕餅。我拿起了一塊心型糕餅嘗了一口，它的美味和這房間的寧靜，與外頭廝殺的喧嘩及血腥的臭味形成極大的反差。

「老大，這櫃子後面可能有門。」小約翰忽然叫了起來。「何以見得？」我問。

小約翰指著地上的痕跡，顯示這個大木櫃是不久前才被人從左方推到這個位置。我和小約翰合力推開這個實際上比看起來更重的木櫃，果然後面有一道門。「這應該是準備點心的房間。」

小約翰如此下結論。

打開門是條橫向走道，我們聽到右側有刀械與火焰聲，可見該處是樓梯口，目前正進行著激烈的攻防。我們向左側走去，打開了盡頭的門，發現裡頭有一個人，正坐在一張像王座的椅子上。

他似乎講了段魔法語，我並沒有反應。他又用別的語言說了一次，小約翰回了一句話後，他才用邦卡語說話。

「已經攻到這裡了嗎？」在這個略大的空曠房間中，他的話產生回音。小約翰則拔劍警戒著。

「還沒，不過也快了。」我說。他指著旁邊唯一並倒下的椅子說：「請坐！」我不知為何，判斷他並沒有敵意，我便把椅子扶正並坐下。他問著：「使出龍咆嘯是你吧？」我則點點頭。

他嘆氣後接著說：「我聽到那聲龍咆嘯就知道大勢已去了。」我問他是誰？「邦德布雷克二世，艾爾維爾。」他說。

「那邦德布雷克先生呢？」

「你們就快要攻陷這裡了，難道還不夠嗎？」

「我看邦德布雷克先生已經不在這裡了吧？」我問，但他沒出聲音。

我們沉默了一會兒，他說著：「太像了，太像了。這種從容，這種讓人感受到若有似無的魔力，其實都是為了隱藏你們那可怕的力量。我說的沒有錯吧！多隆斯坦先生。」

「你弄錯了，我的名字叫做約翰，不是什麼多隆斯坦。」我說。

「我知道你正在嘲弄我。」他的聲音像非常平靜，「我恐懼著這天的來臨已經很久了，但真的來臨時，卻沒有想像中那麼可怕。我發現關鍵在於心態。我當時害怕死亡，而現在準備接受它，這就是我現在能平靜地和你談話的原因。」

「你以前遇過多隆斯坦？」我好奇的問。

「我曾經和多隆斯坦並肩作戰過，至少我這麼認為。當然他們似乎沒有我的幫助，也能夠順利完成目標的樣子，但至少我們曾經對抗共同的敵人。」他接著說：「你不殺我？」

我對眼前的人產生良好的印象，我因此告訴他：「要攻下藍月之城的是黑木之門，我只是一名來找邦德布雷克先生的調解人而已。你願意的話，我很想聽你說這段故事。坦白說我以前還是一個說故事的吟遊詩人。」

「吟遊詩人啊。」他語重心長。

他說藍月之城的人在浩大戰爭時住在離這裡的西北方約九十多里處的藍月之森，是一個小型吸血鬼聚落。北方有隱天城堡，南方有血月之城兩股大勢力。藍月之森夾在中間，被兩大勢力同時視為附庸而任意驅使著。血月之城位址就是現在的藍月之城。

當時泰卡尚未成為聯盟的區域，泰卡王國與領導聯盟的魔空王國發生多次戰爭。魔空君主派遣許多使者到泰卡周邊及內地尋找結盟勢力，其中被鎖定的結盟對象之一就是血月之城。

這個來到血月之城的使者在附近相中了一個吸血鬼美女，他在結盟條件中加入了迎娶吸血鬼美女的條件，結果被羞辱並拒絕了。

使者一行人後來到了藍月之森，提出合作攻佔血月之城的計畫。計畫中魔空王國答應出動相當於一千名戰士的軍力。

艾爾維爾堅決反對這個計畫，他認為魔空王國不可能派遣軍隊穿過敵對國家來到血月之城。但藍月之森的領袖也就是邦德布雷克本人，他雖然看不起他們，但因為貪圖使者帶來豐厚的財寶與佔有血月之城的承諾，所以答應了下來。

邦德布雷克派遣兒子領軍作戰，但到達了約定會合地點，艾爾維爾為眼前所見的景象十分憤怒。

魔空派出的除了領隊者外，就只有三名穿著盔甲的戰士。吸血鬼們認為隊伍中稍微具有戰鬥力的十名大力士，身分居然是馬車伕和扛馬標的旗手。此外，就是明顯看得出是從酒店顧來的無賴漢六十多人。

但從馬標上的鐵拳看來，指揮官是魔空君王的第二個弟弟「鐵拳」安迪亞。安迪亞解釋著帶軍隊穿越敵國是不智的行為，但也答應由魔空方擔任先攻，並允諾他們可以在任何時候撤退。才讓藍月之森的不滿稍稍平復。

面對敵人進攻，血月之城不僅大門未關，門口只還只有兩個人在掃地。但就算是掃地，畢竟他們還是兼具魔法與力量的吸血鬼，不可輕視。

在發起攻擊的瞬間，無賴們才與兩名吸血鬼接觸就崩潰而四散逃逸。領隊的安迪亞即不阻止逃走，也沒有要求友軍增援。他及其他三人有說有笑地走著，和迎面而來的逃命無賴們形成反比。艾爾維爾說他不確定這樣的畫面是否是蓄意安排的，但確實吸引他想知道接下來的結果，而沒有馬上宣布撤退。

帶頭的安迪亞向左右張開雙臂，然後向前方拍擊，一道雙手一樣粗的電流產生，巨大聲響之後一名吸血鬼已經成為黑色焦屍了。另一名吸血鬼見狀緊急進城，同時關上大門。安迪亞在那之後對城門連發了數道閃電，說了聲沒辦法了，而退下來。

我推測這可能是那個時代流行的「抗魔門」。這種門說穿了也沒什麼，就是在兩層厚鐵板中夾厚木板，或是在兩層厚鐵板中夾厚石板。這樣就能提升對電擊跟火焰的抗性，但相對的堅固度較純粹用鋼鐵打造的大門差。此外比較麻煩的是需用榫接的方式，在施工中比較費工費時。然而在衝城車的威力大幅提升以及當時北地的大法師中擁有多隆斯坦稱號的人竟然多達二十三名的情況下，「抗魔門」迅速走入歷史。

安迪亞後退之後，兩名盔甲戰士上前，城門在受到這兩人輪番的龍咆嘯後，便被炸開來。艾爾維爾首次見識了這樣的威力，下令藍月之森的人進攻。艾爾維爾說他並非是完全遵照約定才發動攻擊，驅動他前進的力量還有恐懼。

然而一名全副武裝的戰士擋住了去路，掀開頭盔後才發現是個女人。她叫馬車伕們將車上的七個大鐵櫃扛兩個過來，打開後是載著精美的女性面具，但卻有著非人類外型的金屬人偶。

女戰士將右手放貼在人偶身上並唸著咒文，左手放出強力電流後，兩具人偶動了起來。女戰士讓人偶當藍月之森的前鋒，人偶們的身法讓跟在後頭的艾爾維爾體認到，此人不是普通的死靈法師。

艾爾維爾說，進了城堡後他才知道世界的廣大。他說沒有看到戰鬥，裡頭有的只是行刑。

「我一直恐懼著這樣的力量，哪一天反過來對付我們。不用說多隆斯坦，我們光要對付那個最弱的安迪亞，都將付出慘重的傷亡。」艾爾維爾接著說：「我一直勸父親遵守協定，但父親卻說：『吸血鬼擁有的時間，將擊敗任何強者。』本來我看著人類在歲月前的無力而慢慢接受這句話了，但你的龍咆嘯驚醒了我的幻想。」

我聽完故事後有許多疑問，因為我讀過的歷史中，是藍月之森獨力攻下這座城堡。此外，我該有許多好奇的事情想要知道。

「那些人偶有名字嗎？是不是叫做傑克？」我一口氣把話說完，這是我的第一個問題。

「傑克？」艾爾維爾頓了一下，此時衝進來許多士兵，讓房間擁擠了起來。士兵們看到我居然和吸血鬼城主在聊天，顯得有些驚訝。艾爾維爾看了士兵們一眼後，緩慢地回答：「不是叫傑克。」他似乎還要開口，但喀絲卡小姐及洪斯已經在軍士的簇擁中進到這裡來了。

喀絲卡小姐一進門瞪了我一眼，就拉開了捲軸唸了一段話。我問小約翰是在說什麼，才知道內容是：「先王遺命：膽敢侮辱朕者，逃到天涯海角也要誅殺。」

看著艾爾維爾閉著眼等死的覺悟，我喊著：「請等一等，不要殺他！」然而沒有效果。洪斯拔出了他附魔的劍，劍身通紅到像剛從鍛造的熔爐取出來那樣。劍在刺向艾爾維爾後，可憐的艾爾維爾燃燒起來，最後烤成了焦屍。遺體由那名治安官員及他的跟班將抬走。喀絲卡小姐又大聲宣布一段話，整個房間的人大吼了一聲。小約翰說藍月之城此刻起為黑木之門的領地，也是第一個飛地。

雖然攻下了藍月之城，但卻發現送命的艾爾維爾是無辜的人，讓我心情有種說不出的罪惡感。

洪斯大概是為了補償我吧，跟我說許多喀絲卡小姐的小事，包括她第二任情人因為背叛她，在一次任務中，她讓那男子被熔岩淹沒的故事。

「這樣不會太誇張了？」我問。

「聽說那個男人自己立下的誓言是這樣。」洪斯回答。

這故事並沒有令我感到害怕，相反的這樣強悍與美麗的組合，光是想到要馴服她，就足以讓心臟亂跳一陣子。

我想到邦德布雷克雖然先後娶了十八任妻子，但自己喜歡的對象，短時間從雅莉絲、伊兒到喀絲卡小姐，也是不遑多讓。差別就在我是邦德布雷克的膽小版本，那又有什麼資格可以制裁別人呢？

儘管洪斯邀請我一同返回黑木之門，最後我還是決定要踏上回程。喀斯卡小姐和一半的人則繼續駐守在城堡內。洪斯說之前密探們估算藍月之城約有三百二十人左右，但吸血鬼屍體只有二百七十三具。顯然開戰前邦德布雷克已經率領小部分人逃走了。不過我很好奇憑著僅剩的人手，他是會逃到南方呢？還是伺機奪回城堡？後來都不重要了，我特意請人轉告喀斯卡小姐我要離開的事情，但都沒有回音，讓我不禁懷疑起傳話的人是否是個聾子還是啞巴。

總之我和小約翰回到了金牛山，我把用符文攻陷大門，還有艾爾維爾城主說的多隆斯坦故事以及自己的想法，全講給奧特老哥聽。他很專注聽著，但不下任何評語。他聽完後只說：「任何問題除了世俗的答案，還有自己的答案。沒有哪個一定對，只是看選哪個比較自在而已。」他說完後話題一轉，叫廚房的人趕快把點心端上來。「現在開始點心時間了。」奧特老哥說。我們的話題，就轉到泰卡的美女與美食上了。

特別一提的是，跟奧特弟子聊天時，我發揮說故事本領，將小約翰這趟旅程以歷險記的方式描述了一遍，不僅大家喜愛這個情節，小約翰更是開心的不得了。

當然小約翰開心並不是重點，而是第二天，許多人主動找我講那轟破城門的橋段，他們說是聽小約翰說的。我在大談攻城見聞過程中，得到了一種滿足。大家都說奧持老哥不喜歡講這樣的事情，讓他們很難了解一個強大法師看待世界的觀點。我吹捧了小約翰一下，沒想到他回報的更多。

我在金牛山又住了三天才回去，回於我特別喜歡這裡的果醬，奧特老哥裝了數十罐的覆盆子及蘋果果醬，還有大量的餅乾及少數的派，以致我回去時只能駕著馬車了。

我駕了好幾天的馬車回到了諾曼里亞領，將藍月之城已經被攻陷的事情告訴了奧斯卡領主。他說本來只期望對方能寫信道歉，對於這樣的結果，「即意外又感到驚喜。」

然而我也非常意外，因為奧斯卡領主也提到，「悲傷的事情結束後，他的家族要來籌辦喜事了。」他指的是伊兒的婚禮，並請我留下來接受招待直到婚禮舉行。

剛開始我對這件事露出不可思議的驚喜表情，但我後來聽到「伊兒與賈柏斯子爵相戀已經二年了」之後，整個人有種受騙的憤怒。當然奧斯卡領主的確未做這種承諾，一切是我的自作多情，也確實無法說什麼了。我推說有事情拒絕了參加喜宴的邀請，提前返回莊園了。

我也並非一無所獲，奧特老哥的果醬、還有奧斯卡領主贈送的一百枚金幣及伊兒送的一條鑲上龍形金飾的皮帶，作為這次旅行的收穫。當然，這段期間的見聞與遭遇，更是一種無價之寶。

回莊園前我繞回卡拉斯特鎮，鎮上的人都用好奇的眼光看我。我贈送雷諾老爹十枚金幣，回報他當時贈送我價值相當於兩枚金幣的一袋錢。他問說我是否真的挖到寶藏，我只好回答是的。當然我也贈送他幾瓶外國來的果醬，他嚐了一口後直說美味到不可思議。

後來我回到莊園時，唯獨不見費司特跟其他守衛的蹤影。等到廚房的人已經快將馬車上的東西卸完之時，費司特和阿貝魯才上氣不接下氣跑了過來。費司特說自從我出發後，他們暗中幫我打聽與注意雅莉絲的事情和一舉一動，結果發現她已經有相戀的人了。

費司特這個消息給我帶來的震撼，就像藍月之城的艾爾維爾聽到龍咆嘯後的心情那樣。只不過這次我和艾爾維爾角色互換，而龍咆嘯改由費司特這傢伙來施展了。

古諺說：「追二鹿者不得一鹿。」更何況我追了三鹿。這樣的命運我只能有一種解釋。

這一定是來自茱莉安娜女神的懲罰。

第七節　晉升貴族

回到莊園後，我不論老小一律送他們一個金幣。全部的人都認為，我是僅次於馬斯多塔慷慨的人。當然我自己還留有四十二枚，我找了黑色瓦罐裝起來，把金幣埋在後面的樹林裡。

我把車上的物品都交給廚房，賈桂林太太看了剩下的餅乾屑驚訝地說：「原來您喜歡這種奶酥餅乾喔。」我點頭稱是後，從此餐點上也可已經常看到它們。這也讓我了解到馬斯多塔為何要大老遠聘請泰卡人到廚房工作，因為泰卡真是一個糕點甜品的王國。當然我也特別送費司特家裡兩罐果醬，費司特太太還要求我要保守祕密，不然費司特一定會在一餐中把它吃光光。

總之一切又回到了原來的生活，但又有些不一樣。約半個月之後，我收到一名自稱赫胥黎騎士的親筆信，信中為我「依指示行事」的辛苦表達了嘉勉之意。此外就是隨信附上的獎賞——三枚金幣。

我好奇而打探了一下，結果非常驚人。藍月之城的事件中，國王最寵信的史丹佛勒男爵，因「策劃有功」晉升伯爵，另外一些人也因參與策劃受到次一級嘉獎，包括奧斯卡領主。至於我則是和一批軍官因忠實執行命令，受第三等獎勵。

剛得知時我心中不太舒服，後來想到如果名實不符晉升高位，那往後如果被派遣超出自己能力以外的事情，那可能毀了所有已經建立的形象，那不如當做什麼事也沒發生，快樂過日子就好了。

雖然我並沒有因此晉級貴族，但文森・斯萬，也就是我老爸，卻受封為騎士，著實令我意外。各位不要問我原因，我也不想知道，但我猜測大概又是用了什麼奇妙的方法或話術，讓他也成了這事件的參與者之一。

倒是他在王都以及卡拉斯特鎮的「民間友人」吵翻了天。一派認為是國王發現了老爸的貴族血統，恢復了他應有的地位；另一些人則說他完全憑藉才華橫溢，終於出人頭地。對於兩派爭議不休，父親則不置可否。他常對人說這其中有難言之隱，因此那些「民間友人」對他的忍辱負重精神更是佩服。

幾天後我在王城採購物品時，被一個人叫住。

「你不是約翰．斯萬嗎？」

我沿著聲音看過去，原來是之前一起去金牛山的里奇．阿克曼。本來我對他竟然一個人不聲不響離開感到憤怒，但繼而想到若不是他，我也不會遇到奧特老哥，更不用說後來遭遇的事情了。

我觀念一轉，堆出了笑容說：「喔喔！吾友里奇！」沒想到他靠過來也笑嘻嘻說：「約翰老友，看來你已經知道一切了。」

「什麼知道一切。」他這樣把我弄糊塗了。

「就是你家族的一切啊！」里奇說完我才想到，前些日子的那些胡說八道。里奇繼續說著，「功績評定會那天，有些人反對令尊大人晉升貴族，是我適時證明了他的貴族血統。」

「你怎麼會有辦法證明？」

里奇解釋著：「雖然那一天我因為極度失落而忘記帶你離開，但你說的那一番話，專門研究貴族血統的我並沒有遺忘。」他得意講著，「我後來四處找古董店尋問，是否有酒瓶家紋的物品，終於遇一個在全國各處都有倉庫的店家。他告訴我在南方分店有著符合我描述的東西，商家還花了好幾天才運回了王城。」他又告訴我：「你的家族徽章裡，實際酒瓶尺寸應該更寬些。不過我了解到你們家族一度隱姓埋名，可能已經失去對祖先的全面了解了。」他還小聲的說：「我拿到了雷諾．斯萬騎士當年的盾牌了。」

我張大了眼睛，根本不存在的人哪來的盾牌？很明顯里奇這傢伙被古董店給騙了，但我不方便向他澄清。

沒想到他看了我的表情後更加得意，他接著說：「看你驚訝的樣子，但不用緊張，令先祖的盾雖然已經成為我個人的收藏，但在到時候的騎士任命典禮，我已允諾出借盾牌讓文森大人佩戴。」

我一想到不存在的功績、還有不存在的血統、不存在的家族寶盾，卻加上父親煞有其事接受封賞的樣子是何等荒謬，不禁笑了出來。里奇看我高興的樣子，說我該請他喝一杯酒。我一想到他的談話如同嚼蠟燭那樣索然無味，便跟他說我老爸早就要請他喝一杯了，他一聽便很高興的赴約去了，離別前還提醒我如果日後舉辦宴會，不要忘記了他。

忽然我也想來杯好喝的飲料，來沖淡這些一連串怪異的感覺，我看到有一家不起眼的小酒館，門口吊著豎起拇指比讚的招牌，我姑且相信它，向這間小酒館走去。以往我是不會出入這樣的場合的，但學習魔法至今，除非是法師，不然彪形大漢已經不再可怕了，當然我是指在一對一的情形下。別忘了馬斯多塔說法師是一種高貴的職業。

酒館本來就是非常吵雜的環境，也是我最不喜歡的喧嘩。我走向酒吧檯問了最甜的酒，酒保遞給我一杯蜂蜜酒，要價可以讓我大吃一餐了。我從以前到現在一直難以想像，花這樣的錢來到這樣喧囂環境並得到一杯酒，樂趣到底在哪裡？

後來我領悟到了。我坐在吧檯前安靜喝著不怎麼好喝蜂蜜酒，偷聽週遭的人在說些什麼也是一種樂趣。這就像偷窺一樣，只不過是用耳朵代替眼睛而已。凡舉家庭相處問題、感情糾紛、金錢糾葛、自我吹噓或談論密聞，非常有趣。

但漸漸地一種自吹自擂引發了我注意，此人正在大談當年在從沒聽過的多瑪斯山隘，率二千人馬抵禦六萬大軍猛烈攻擊的故事。

然而這樣的英雄指揮官竟然在這種小酒館喝酒，擺明不是好漢落難，就是稀世的吹牛大王。我好奇到底是怎樣的人，居然在酒吧裡講這種大言不慚的話，結果一看，居然是馬斯多塔。

馬斯多塔正凝視一位美艷女劍士侃侃而談，但左手卻牽著一名載法師頭罩的女性。女劍士身上的皮甲裝飾之華麗，與瓜子臉的美麗相互輝映。雖說她僅僅坐著，但一望便可以發現她的體格高大健美。我想到喀斯卡小姐雖然非常的美，但是和眼前的女劍士相比，就如同你問我星星跟月亮的光芒，哪一個比較亮那樣。

我正要走去找馬斯多塔時，酒保忽然間拉住了我的左臂，我納悶一下，問這是什麼意思。

「客人危險！別過去。」酒保小聲但清楚的警告。我問：「為什麼？」

「不久前有五個人一起過去調戲那個女劍士，結果右手腕全被砍了。」他說完後眼神看著女劍士椅子旁，我一看那裡有把戰士大斧。

「沒關係的，我應該不會那麼慘。」我講完後，酒保一臉我已經警告過你了的表情。

「嗨！馬斯多塔！」我一喊完，全酒館瞬間安靜並把目光投在我身上。那位載著頭罩的女法師也抬起頭來，我一看雖然臉龐是橢圓形輪廓，但大大的眼睛與櫻桃之口，豔麗的程度不在女劍士之下。我在那一瞬間，就認定坐擁兩名大美女的馬斯多塔，是個世界上最可惡的人。

女法師呵呵的笑了起來，對馬斯多塔說：「他叫你馬斯多塔耶！」沒想到馬斯多塔回答：「是我讓他這麼喊的。」

「真的？」女法師有些驚訝，馬斯多塔在她耳邊小聲說了幾句後，他們一起笑了起來。

女劍士站了起來看著我並走過來，讓我有種暈眩的感覺，我抬頭一望，足足高出我兩個頭以上。

女劍士伸出手拿摸著我的頭對馬斯多塔說：「好可愛的小弟喔，是莊園裡的僕役嗎？」坦白說，我完全沒有被冒犯的感覺。

「小弟？他可是大妳一歲耶。還有，他是我的弟子約翰。」馬斯多塔接著說「雖然我已經隱居了，但世俗的瑣事總是饒不了我。」

女劍士聽完後微笑點頭，女法師則是捧著馬斯多塔的臉頰親了一下說著：「真是辛苦你了。」馬斯多塔被吻後開懷大笑。他從背袋中取出一個錢袋交給兩位美女，說抱歉自己今天無法陪她們，只好以這種庸俗的方式彌補。然後我們在美女們的飛吻與酒館所有人羨慕的眼神中離開。我不得不承認，這樣的感覺比起用龍咆嘯攻破城門，要神氣太多太多了。

回去的路上我告訴馬斯多塔那名女劍士的危險傳聞，沒想到他則說：「如果你說是安娜絲塔西雅還有可能。克莉絲汀是個好心腸的女性，如果不是她砍下他們的手腕，那些人早就被我殺了。」

「或許你應該低調一點。」我如此提議。

「我一向很低調的，」馬斯多塔說：「但是我這次失誤了，居然讓一個大傢伙逃掉了，才想要殺幾個痞子洩憤。」馬斯多塔說完後，我想到了旁邊的人就是傳說裡的「煉獄之王」喀斯金達加，讓我打了個冷顫。

當我跟他提喀斯金達加的事情，馬斯多塔笑著說：「真是奇特的緣分啊，看來你遇到奧特了！」這年頭知道這件事的人，大概就是奧特老哥跟我了。我問他逃掉的大傢伙是叫邦德布雷克嗎？馬斯多塔說不是，他追捕的是一個強大卻默默無名的上古吸血鬼，但邦德布雷克這名字似乎在那裡聽過。我提到藍月之城他才露出微笑說著：「原來是那傢伙。」

回程路上我從馬斯多塔騎馬「逃離」開始講，一直到攻下藍月之城為止的經過說給他聽。馬斯多塔風格與奧特老哥不同，當總是在談話中立即解釋或指導，當我使用逃離的字眼時他更正說那叫分秒必爭，機不可失。

傑克的事件更是令他大笑不止。「你真的把那句勸告費司特的話複誦了近一百遍？」馬斯多塔隨興編著難聽的歌並繞著我跳起舞來，我很難想像這樣的事情竟然帶給他這麼大的樂趣。不過在他盡興之後，他告訴我傑克確實可以動的，但是馬斯多塔希望最好傑克不要再動了。

「為什麼？」我很好奇的問。馬斯多塔則說：「傑克的啟動命令很簡單，只要是非認定的人，而且魔法能力在它的一半以上，靠近三千步內它便會展開攻擊。傑克是因為殺戮而製造出來的，並不是為守護什麼而製造出來的。所以就算消滅了敵人，莊園可能也毀了，所以我希望它安靜地站在那裡就好了。」

我聽了驚訝喊著：「怎麼又是無差別的毀滅！？這麼危險的東西，幹嘛擺出來啊？」馬斯多塔回答：「這世界中牽制的功能往往超出你的想像。」雖然我百思不解，但馬斯多塔不再解釋，而是開始講著費司特的事情。

費司特以前常聽馬斯多塔說以往的故事，而且即便旁人聽起來如何荒誕與不可思議，也是毫無保留的相信著，這大概是馬斯多塔常對他說故事的原因。馬斯多塔說有可能是費司特內心嚮往著那些冒險與傳奇，但是無法也沒有能力參與這些故事，因此如果能親眼見證這些故事裡的一個片段，那怕只是瞬間，就將是一種莫大的滿足與救贖。

我忽然領悟到，費司特年輕的時候會當上四處劫掠的盜賊，除了現實生活逼迫外，也多少參雜了他喜愛旅行與冒險的心。但我還是好奇為什麼馬斯多塔不讓傑克動給他看一下。

「蠢蛋！這在費司特心目中是何等神聖的事情，如果傑克像表演的傀儡那樣跳著，得到滿足的人是你不是他，因為你用高高在上的角度自以為是的幫助了他。而費司特雖然證明傑克會動了，但是他的夢想與救贖就從此被摧毀了。」馬斯多塔說著：「所以問題不在於費司特是否能看到活動中的傑克，而是傑克在他心目中所代表的那層意義。」

「那就是一切全憑費司特的命運與機會囉。」我雖然不是很了解馬斯多塔的含意，但我猜大概就是這個意思。馬斯多塔點點頭。

我好奇問他強大的祕密。馬斯多塔說：「我等你問這個話題很久了。」

「你可以直接說啊。」我回答。他則解釋著：「這個答案要讓別人來問才有意思，自己講出來違反了我追求品味的原則。」他模仿街頭藝人行禮說著：「馬斯多塔現在就為你解答。」

馬斯多塔說只要體內充斥的魔力高到一定的程度，便能持續將身體的每一個部位保持顛峰，維持著不老的狀態；至於水火不侵與刀槍不入，只要一直打開著物理盾和能量盾就可以做到了。關於不死的問題，馬斯多塔說：「約翰，世界上沒有人是不死的。」

「什麼盾？我怎麼從來沒有看過？」

馬斯多塔露出笑臉：「我將張開的物理盾及能量盾，內縮到和表層的皮膚合而為一了。」他更興奮說著：「我一直期待著能夠出現高強的法師，讓我必須盡全力張開能量盾。」

「那還是沒有回答魔力強大的秘訣。」我回應著。

他回答：「心靈能力愈強大，魔力的上限將愈高。」馬斯多塔不等我發問，便接著解釋：「這種心靈力量無關美德與邪惡、光明及黑暗。純粹是基於對宇宙本質的了解。」

「那如果思維和宇宙一致，那不就無敵了？」我說。

「確實會不可思議的強大。」馬斯多塔說，「這將讓你擺脫生存與死亡兩種驅力的作用，與宇宙合而為一了。到時候你就是宇宙，但宇宙不是你。」

「聽起來不是很好。」我想了一下，「這形容只會讓我想起我死掉老媽的現況。」

「某種程度是這樣沒錯。」馬斯多塔接著說，「基本上和死掉的人差不多，只不過走的路徑有些微差異。隨著與宇宙的同化度越大，所得到的力量也越大，付出的代價就是你的自我意識也越薄弱。如果能找到被宇宙所吸納與保持自我意識的臨界點並維持住，那就會成為世俗所說的『神』了。」

「所以你是無敵的？」我問。

「當然不是，真正的強者不會認為自己無敵。」馬斯多塔停了一下俏皮繼續說：「美少女青春才是無敵。」

我覺得答非所問而不想再接話，馬斯多塔觀察我一陣子發現沒有反應，他揮了一下手說：「約翰，你真是無趣的傢伙。」

我們沉默了一陣子，他忽然從背袋中拿出一個餐盤大小的鏡子展示給我看。我仔細看是黃銅和黑曜石的組合，我問馬斯多塔是不是到神殿裡把象徵女神的女神之鏡偷出來了。

「我才不會偷那種贗品，這可是真的。」說完後他把鏡子遞給我看。它分別是由光滑的銅面和黑曜石面結合的鏡子，銅面代表茱麗安，黑曜石代表茱麗安娜。如果一定要說和神殿裡受到祭拜的鏡子有什麼不同，那就是不管那一面，都平滑到真正發揮了鏡子該有的功能。

「拿到這個會長生不死或魔力大增嗎？」我問。馬斯多塔則微笑回答：「的確有很多人這麼認為。」

馬斯多塔說上一個持有者，也就是他這次找到的那個上古吸血鬼，就是覺得女神會透過這個鏡子給他啟示，並且讓他更強大。我問到真的是這樣嗎？他回答：「當然不是這樣的。我正打算活捉來拷問是如何拿到的，結果他就跑了。」

「有人從你面前逃走？」我雖然這樣問，但其實是種調侃。沒想到馬斯多塔認真的回答：「都怪我太傲慢了，說了太多話而讓他產生機會。」

我第一次這麼近看著女神之鏡，我一邊好奇把玩，還半開玩笑地說搞不好可以從鏡子裡看到女神。馬斯多塔則淡淡回答：「看到女神？。說不定女神是透過這面鏡子窺視人心。」馬斯多塔說完後我忽然間害怕起來，趕快把鏡子還回去給他。

回到莊園後馬斯多塔除了吩咐今天晚餐要豐富一點外，就是叫費司特找一個合適的木架，把鏡子放在上面。

用餐時我提到了自己父親，因為一些幸運和巧合，近期內要晉升騎士的事情。

沒想到馬斯多塔沒有太多反應，他說大多數能夠爬上高位的人，通常憑的是運氣與手腕，並非真的有過人之處。由於爵位這種東西通常是由長子繼承，馬斯多塔問我是否覺得遺憾。我回答不會，而且我本來就對於貴族沒有好感。

馬斯多塔則告訴我那些大人物其實沒什麼了不起的。他們的尊貴與神聖，就是建築在你對他只有片面了解。因為越親近這些人的人，對那些尊貴與神聖越不當一回事。就像安娜絲塔西亞老是看到馬斯多塔一副想親吻她的嘴臉，在她面前自然即不尊貴也不神聖。因此不論是國王、騎士、大祭司或富豪，都一樣要吃喝拉撒，你只要想像他們蹲茅廁的樣子，他們就無法「尊貴」或「神聖」起來了。我覺得這一招後來在和所謂大人物見面時，可以可效消除緊張感，因此特別記下來。

飯後，馬斯多塔享用了特釀葡萄酒，忽然喊著叫人：「拿劍來。」隨後又說：「像劍的東西都可以。」馬斯多塔又請廚房的人傳達集合所有人的消息，一時間大廳不僅擠滿了人，還有切麵包刀、桿麵棍、鐮刀、斧頭及玩具木劍。我想起馬斯多塔雖然也算的上是一名鐵匠，但他說自己不鑄造劍。我曾經問他是因為看破戰爭的殘酷而做了這種改變嗎？結果他回答：「你想到哪裡了？我不再碰劍，是因為還沒遇到值得讓我拿起劍的傢伙。」

後來我想到房間裡有那把「屠龍劍」，但馬斯多塔說大家都來了，叫我不用去拿了。馬斯多塔當著大家的面從桌上拿起了切麵包刀，然後宣布晉升儀式開始，莊園裡大大小小的人都一頭霧水。

這時馬斯多塔叫我單膝跪下，我照了做了。他忽然說著：「我以我自己取得的權力，冊封你為多多諾第九領主。」說完將切麵包刀平放在我右肩後宣布禮成，不少莊園的人看了後開始竊笑。

「多多諾在哪裡？還有為何是第九而不是第一？」我有點不服氣問。馬斯多塔則說：「怕你驕傲了起來，才用第九。此外這個世界沒有多多諾這個地方，因為這地方只在你心中。」說完後不少人都笑了，其中以費司特笑的最大聲。

馬斯多塔叫費司特到前頭來接受我的冊封，我學著馬斯多塔的樣子封費司特騎士，大夥都笑得很開心。馬斯多塔則說：「這件事本質就是這樣而已。平凡的人加上頭銜還是凡人。」我小聲反駁著：「可是他們擁有的權力是真實的。」馬斯多塔只簡單的回覆，「那是無知的人民還沒有發現，賦予國王和貴族那些權力的人，就是他們自己。」聽到這種驚世駭俗的言論，我還要進一步了解時，馬斯多塔已經在宣布完成只要完成冊封儀式的人，稍後可以參加宴會享用飲料跟餅乾。話說完首先是費司特冊封阿貝魯為公爵，之後大廳內冊封聲音不絕於耳，所有人都玩的盡興後才魚貫進入餐廳。

我那天晚上醉到怎麼睡著都忘記了，第二天我發現女神之鏡被放在側廳的邊桌上，前面還有寺廟裡的那種薰香和花朵。

費司特還私底下問園主大人怎麼虔誠起來了，我則回答不知道。

第八節　猛信者

依照馬斯多塔的習性，我猜想「多多諾」很可能是一個魔法語的詞彙。我翻閱了字典對照，查出意思為：「平庸的」或「俗不可耐的」，令我有些失落。

更失落的是既然莊園主人回來了，代理人的身分自然也不存在了。馬斯多塔雖然回到莊園，但早餐後就不見人影了。阿貝魯說他每天都帶著兩名美女，導覽附近風光景色。不過如果克莉絲汀她們早點到時，我倒是還能陪她吃點心並聊聊天，所以我每天一早就在莊園門口等候。但想到他馬斯多塔陪伴美女遊覽時我卻在田裡工作，晚上還出席奧斯卡領主的晚宴，就覺得世界真是不公平。不過說回來是我自己不想去的，宴會在伊兒婚禮結束前是不間斷的。

但有一次例外，馬斯多塔忽然找我和她們一起去莊園西北的瀑布野餐。野餐前一天我特別向廚房的人學習了花環編織，果然第二天送給克莉絲汀時，她非常的高興。由於我使出渾身解數逗克莉絲汀開心，安娜絲塔西雅對馬斯多塔說：「你的僕人如果身在王宮，一定會是著名的弄臣。」不過那天我心情極佳，任何嘲諷對我來說根本就像讚美的詩篇。

但即便沒有這一天，秋天還是我最喜愛的季節。即便在田裡忙碌著，也充斥著清爽的感覺。它沒有春天那種黏膩的潮濕、也無夏天窒息般的悶熱，更不用說冬天那種穿透身體的寒風了。

「約翰先生，您辛苦了。」每到一個地方都有這樣的招呼聲。雖說我也幫忙收成農作物了，但比較勞累的工作卻不會叫我做了。我的建議他們也會尊重，例如收穫小麥時隨便些，這樣才會有更多的麥粒掉落在田裡。馬斯多塔通常都會允許鄰近窮困的人，在收成之後到田裡撿拾麥粒。

結交領主、和善對待鄰居和下面的人以及，「完全」消滅有敵意的對手。馬斯多塔以這三個方式讓這個莊園不受打擾。

馬斯多塔來去幾次宴會後，他發覺我曾經拒絕領主的邀請，因此好奇我為何不去參加奧斯卡領主的晚宴。我跟他說了有關伊兒小姐的事情，本來我預期他會大笑，沒想到他沈思了一會，然後拍著我的肩膀跟他散步去。他說這種在散步中進行自我對話，對自我成長很有效。

「那你不用去赴美女們的約會嗎？」我問。，「這是當然啊，只不過稍微晚一點而已。」

雖然定義為自我對話的散步，但我們很快又聊起來了。馬斯多塔提到自己上次見到奧特，是在奧特太太的喪禮中，不知不覺已經二十多年了。

他還說奧特還有二個女兒，一個嫁給泰卡的貴族，另一個則嫁到薩蒙，成為農場主人之妻。我則驚訝奧特老哥原來有結婚過。「連女孩子都不敢追求，如何成為大賢者！？」馬斯多塔一臉理所當然說著。

馬斯多塔還說他老師，也就是溫斯特大師是主張「縱慾」，雖然他本人一直過著苦行僧般的生活。但馬斯多塔也補充說，溫斯特大師的用詞，和世俗的含義又不盡相同，要領悟這樣的差異，只能靠著存乎一心體會。

我問馬斯多塔為什麼很少提到溫斯特大師，他回答：「你常聽到奧特一天到晚提到我嗎？」我回答：「沒有。」

「這就對了。一個人開口閉口都是老師，這樣如何建立自己的理論和技術？充其量也只是老師的信徒而已，永遠無法成為一代大師。」馬斯多塔如此解釋著。

邊走邊談中我們已經走出了莊園的樹林，馬斯多塔看到空曠草地後，發現已經走出莊園範圍了，於是對我說：「我們應該回去了。」

「你們不用回去了！」一句話從旁邊傳來。我和馬斯多塔找尋聲音來源，發現有五十多人從樹林旁緩步走出。

這些人多數穿著精美鎧甲，少數人則穿著法袍。人群中有男有女，唯一共同的點是男的俊俏、女的美麗。不過這種美，帶著危險的氣息。

「吸血鬼！」我當時心頭跳了一下，但馬斯多塔則一臉無關緊要的表情。

「你就是約翰・斯萬」一個穿著深藍色法袍的年輕人指著馬斯多塔問。馬斯多塔則跑到我後面，用雙手推著我的肩膀笑著說：「這個人才是。」

「攻擊我們藍月之城的主謀原來是你！」我聽完心頭一震。我想到國王低估我的貢獻，而吸血鬼卻高估我的影響力，這世界真是充滿荒謬。不過還好馬斯多塔在，讓我稍微安心。

「報仇是一種神聖的行為。」馬斯多塔嘻皮笑臉說，讓我納悶到底是什麼含意。

對方那個年輕人說著：「別以為這樣說你就可以活下來。」

馬斯多塔則回嘴說：「我是指黑木之門的國王。」他一席話擺明在激怒對方，而吸血鬼那邊果然更怒不可遏。

我忽然間想到脫口而出：「你是邦德布雷克！？」對方冷笑著：「雖然你藏在房子裡尋求保護，但我不相信你永遠不出來。」房子裡的保護？我當時會意不過來，接著便聯想到他們可能是在指傑克。

這時另一個棕髮年輕人從吸血鬼群中走出來說著：「老邦，該不會就因為這兩個根本感受不到任何魔力的人，讓我跑這一趟吧！」

「不會讓你失望的！」馬斯多塔搶著回答。他指著草原推薦著：「約翰大爺，這裡是不錯的戰場，一定能讓你大展身手。」他講完後大多數的吸血鬼都看著我，並且警戒了起來。

邦德布雷克說：「桑德斯大人，既然發現是浪得虛名的小丑，就由我親自殺了他們就夠了。」他說完後，馬斯多塔開心說著：「桑德斯！？你就是那個被稱為〈永遠的公爵〉的上古吸血鬼？真是太棒了。」

馬斯多塔剛說完，已經有幾個人唸起咒語朝他發射了手臂長度的冰柱。馬斯多塔身體一會兒左傾和前傾，閃過了冰柱。「好危險呀！」他笑著做結論。

他在說話的同時左手結了兩個咒印，我身旁立刻被兩個光環包圍，我知道這是物理盾及能量盾。馬斯多塔看到護盾形成後，轉頭對我眨了一隻眼。

接下來除了桑德斯和邦德布雷克外，所有吸血鬼已經開始朝馬斯多塔攻擊，讓他光是閃避就忙到不可開交，更不用說繼續要嘴皮子了。

有幾個吸血鬼也對我投擲火球，但他們發現無法攻破這個能量盾，加上我也沒有回擊，很快地他們便加入攻擊馬斯多塔的行列。

由於發現無法打中馬斯多塔，桑德斯和邦德布雷克臉色愈來愈來愈沈重，慢慢地吸血鬼個個已經變成面目猙獰的樣子，開始全力攻擊。

接下來一根冰柱擊中馬斯多塔，吸血鬼們發出興奮的聲音，他們的兩個頭頭則表情舒緩，而馬斯多塔的動作則停滯下來。

然而攻勢並未停止，更多的火球、冰柱及飛石朝馬斯多塔飛去，數量之密集將他燒成火人並使周邊夾帶大量霧氣。

然而可怕的事情發生了。對方以為在火熄了及霧氣散開後，會看到一具焦黑的屍體，沒想到出現的是一個幾乎全裸的男人。

馬斯多塔把左肩的焦黑破布拿掉後，抑天喊出了一個字並雙手舉高，立刻有兩個圓罩穿越所有的人朝四周擴散，形成兩層約十里寬的半圓。這恐怕是我看過最壯觀的物理盾及能量盾了。

吸血鬼們騷動了起來並且大叫著，我聽出其中一人所大喊的話，是魔法語中的「怪物」。

「你是誰？」桑德斯大聲問。馬斯多塔則著回答：「邦德布雷克那傢伙，已經忘經我英俊的容貌了。」但邦德布雷克斥責：「胡說！」

「藍月之城可是我送給你兒子的。」

邦德布雷克楞了一下後，似乎想到什麼。他大叫：「你怎麼可能還活著！？」

馬斯多塔回答：「確實時間太久遠了。你不來找我的話，我都忘記世界上還有你這麼一個傢伙。」

接著馬斯多塔說了幾句話魔法語，桑德斯和邦德布雷克沒有回覆，立即變成了青面獠牙的傢伙。我還沒來得及看清楚，邦德布雷克便被馬斯多塔同時以能量盾和物理盾「保護」了起來，讓這位前城主嚇到像受驚的小狗。附帶一提的是沒多久我發現自己受到保護還能隨意遊走，因此可以像看戲那樣看著發生的這一切，但我相信邦德布雷克沒有獲得這項待遇。

馬斯多塔毫無抵抗地承受桑德斯帶著電流的冰柱攻擊，並緩緩前進。冰柱刺向馬斯多塔卻像沙子一樣散開，面對馬斯多塔大聲質問，桑德斯一面後退一面用重複的字彙回答。

馬斯多塔不耐煩地用左手朝幾名吸血鬼揮去，他們像被點燃那樣燒了起來，並在一瞬間燒到屍骨無存。他又用右手指了右方一名吸血鬼，該吸血鬼全身開始有幾道亮光從體內向外射出，有如用身體包覆強光卻不慎洩漏那般無法遏止，最後為光所吞沒。

看到這幕所有我和吸血鬼們都驚呼了一聲。

馬斯多塔用的魔法是傳說中的「咒殺」和「破魔」。咒語雖然簡單，但無人敢用。兩個的咒語施法的前提是要有絕對並無法抗拒的力量。這比一個人類對上一隻螞蟻的差距還大。咒殺的施術者還需比敵人邪惡，而使用破魔的咒文的人則要比對手神聖。更重要的是如果條件未達成，咒語是會反噬，古今多少自以為無敵的法師，都在首次施展這個術後消滅了自己。

由於馬斯多塔不停用相同的話語大聲詢問，桑德斯卻不再回答了。他把右手搭載左手上，唸著咒文施放出更強力的紫色電流。手臂粗的電流攻擊馬斯多塔發出強烈聲響，甚至溢散到外面將離馬斯多塔最近的幾名吸血鬼擊斃，但馬斯多塔只是笑著說了幾句魔法語，依舊保持前進速度。

後來他似乎領悟到桑德斯不會回答他的問題了，馬斯多塔反手一震，桑德斯身體就像火爐裡的火燼那樣，光亮鮮紅又短暫，消失的無影無蹤。

一名吸血鬼大叫了一句我聽不懂得話，但下一句我就知道了。「喀斯金達加！」吸血鬼們歇斯底里地大叫並朝馬斯多塔施放各種魔法，馬斯多塔完全不防衛，他使用和桑德斯相同的咒文與方式，兩手相疊放出紫色電流，擊斃了數名吸血鬼。接著手一轉使出了比我當初看過更強的阿爾薩斯噴焰術，燒死了左邊數名吸血鬼。

在一片混亂中，我這時發現有兩個吸血鬼不僅完全沒有攻擊，還開始下跪膜拜，嘴上唱著緩慢又怪異的歌曲。其中一個在膜拜中被其他憤怒的吸血鬼殺死，另一個正要被殺前忽然被物理及能量盾罩住，而得以免死。而那幾個要殺他的吸血鬼，則被氣彈彈到巨大物理盾上壓成肉餅。

馬斯多塔最後舉起了雙手，空中凝結了無數個像櫃子那麼大的銳利冰球，冰球在大物理盾內快速繞著，風聲、撞擊聲夾雜著哀嚎聲，最後只剩血肉模糊了。正當我以為結束時，馬斯多塔又用左右手製造了兩個氣彈，他把兩手的氣彈合在一起，從那中心發出連眼睛都睜不開的強光與火焰。等我能再度張開眼睛時，大型物理盾和能量盾、吸血鬼的屍體、甚至草皮都不見了，只留下一個大範圍的黑色焦土，而且土壤就像春天犁田過後的樣子翻了過來。

我轉頭看到馬斯多塔裸身對我咧嘴而笑，有種說不出的詭異。讓我想起小時候在卡拉斯特老家，被稱做「布丁」的瘋子。馬斯多塔曾經說過，瘋子都是可憐的人。他們都是在世界上承受了無法解除的痛苦，以致靈魂逃到自己建構的世界中避難。不過雖然我記錄下馬斯多塔說過的話，但其實還是不太了解就是了。

「真的很有趣，約翰。」馬斯多塔說著。我問他：「是指這場戰鬥讓你如願找到值得一搏的對手這件事嗎？」

「別開玩笑了。算什麼戰鬥！？這就像廚房的賈桂林太太端來了餐前的濃湯，當你喝完湯準備吃下一道菜時，忽然被告知晚餐結束了。」馬斯多塔答。

「那有趣在哪裡？」

「知道當年一時興起所創造的術，居然成為了某人的拚死一搏所用的大絕招，這種感覺熟悉中又帶著些許荒謬。」

我問是指桑德斯嗎？他點點頭後走到拜倒在地上的人前面問著：「你叫什麼名字？」這個人抬起頭後，立即把脖子上的項鍊拉出來親吻著說：「山達克・帕特拉克，吾主。」我一看，鍊子上有個九芒星符號的銀墜子，九芒星據說就是煉獄之王喀斯金達加的符號。

馬斯多塔說：「我最討厭這樣講話了，只要老實回答我問題就可以了。」

「遵命！吾主。」山達克回答著。馬斯多塔問他傳聞中吸血鬼大君莫拉克的事情及桑德斯的住所，他一概不知道。馬斯多塔失望告訴我，「原來他是一個低階的吸血鬼。」另外，我觀察到山達克手上並無法杖，可能正是模仿喀斯金達加的無杖者風格。

「沒辦法了，我們回莊園吧！」馬斯多塔說。「等等，就這樣回去？」我問。他則是好奇怎麼了，我趕快提醒他現在可是一絲不掛。「這沒什麼大不了的。」馬斯多塔如此結論。

我想到如果眼前的人是那個美麗的克莉絲汀，那我一定脫下外衣為她披上。馬斯多塔無法引起我有這種紳士舉動，但我也不想丟臉的走在旁邊回去。

忽然問我想到邦德布雷克，這傢伙剛才還想要我的小命。我大聲命令他：「約翰大爺命令你把法袍脫掉！」邦德布雷克完全沒有反應。

「你饒了他吧，他已經崩潰了。」馬斯多塔親自將法袍扯下後披上，卻發現邦德布雷克法袍下還穿著厚重盔甲。他因此大笑著：「膽小的傢伙。」

馬斯多塔叫山達克站起來，將過度驚嚇的邦德布雷克扶回莊園，他要好好審問他。

回去路上我問馬斯多塔贈送藍月之城是怎麼回事。馬斯多塔告訴我，當年他看到了艾爾維爾奮戰的樣子，除了答應他不追究邦德布雷克的傲慢外，還將功勞全部歸他，因此魔空王國允許他們擁有藍月之城了。

「你是那時候的三人多隆斯坦之一？」每次發覺他另一個身分總是令我駕訝。

「我那時只是領隊的人而已，還沒有資格被稱為多隆斯坦。」馬斯多塔回答的有氣無力。這讓我更驚訝了，「你是魔空國王的二弟、薩蒙的首任國王，安迪亞．穆斯朗！」馬斯多塔點點頭說：「以前確實叫這個名字！」

「那金・穆斯朗又是誰？」我問。他則回答：「名字來自吾愛，馬爾斯・金。」

這讓我更大聲叫了：「什麼！你喜歡的是男人！？」

馬斯多塔從我後腦勺打了一下，「別胡說八道了，馬爾斯她可是世上罕有的美女。」

「那為何……」我還沒說完馬斯多塔就接下去說了：「她父親威廉・金連續生了五個女兒。馬爾斯是在家族獲得男孩的期望中，生下的第六個女兒，她父親因此給她一個男姓的名字。」

「是當年跟你一起攻下血月之城的那位女死靈術士！」我忽然間領悟了。馬斯多塔的眼神似乎黯淡起來並不再說話了，不然我很想問他，「為何叫金・穆斯朗而不是叫馬爾斯・穆斯朗。」

馬斯多塔說聯盟最想要的結盟對象是隱天城堡，因為他們正直、樂觀又富創造力，只可惜站錯了邊。

北地聯盟一統北地後，隱天城堡仍不屈服。北地聯盟派遣大將卡帝士率領五萬人圍攻隱天城堡，歷經一個月圍攻，大將卡帝士及許多王族戰死。這一消息驚動北地聯盟，聯盟中黑木之門國王親領二萬人支援，但又歷經一個月攻防仍然毫無進展。

隱天城堡在這期間雖然多次派信使突圍，向普隆達尼亞求援，但普隆達尼亞因為兩次大戰失利而國力耗損，拒絕了他們的請求。（約翰・斯萬注：隱天城攻略戰前兩年北地聯盟在封魔戰爭中失去了大多數的多隆斯坦，但普隆達尼亞軍隊則分別在進攻黑木之門及邦卡的戰爭中遭受了重創；此外空間門事件，即是北地聯盟大軍用古代神器：空間之門——進入普隆達尼亞首都大肆燒殺，令普降達尼亞國勢衰微。）

最後北地諸王全都來了，十二萬大軍日夜猛攻了兩天一夜，隱天城堡終於陷落。城主及五千多名吸血鬼不是戰死就是餓死無人投降，連馬斯多塔都認為可惜。吸血鬼的勢力從此在北地中被連根拔除，只剩下邊境外還有一小股小勢力，那就是藍月之城。

我們在聊天中返回莊園。忽然間山達克打破沉默，他一進到宅邸大廳時，便將邦德布雷克拋下，開始對著傑克又哭又拜。我問他在做什麼，山達克回答眼前這位是「王座下十天使」其中之一。在馬斯多塔的斥喝後，山達克才起身將邦德布雷克帶到地下酒窖，結束了這場鬧劇。

山達克後來被安排到廚房工作，但到了晚餐時他上菜的時候卑躬屈膝得太過火了，而且端著餐盤遲遲不上菜，還站著唱了一篇「喀斯金達加讚頌」。不等讚頌唱完馬斯多塔便將他逐出宅子，立刻去麥田旁的小屋當守衛。馬斯多塔說如果繼續由這傢伙負責端菜，那他恐怕要活活餓死了。

當天晚上酒窖裡傳來邦德布雷克的淒厲哀號聲，吵得我睡不著覺。我走到書房翻閱北地聯盟的史料，找到了如此記載：「聯盟曆十四年，沉睡中的巨大力量即將復活。二王弟安迪亞與四王弟昆汀斯特親率二十名多隆斯坦及十位大祭司前往。雖然阻止慘劇發生，但除二王弟重傷瀕死外，全員俱亡，我北地為之震動。」

我一直很好奇這個結果。很久後我在偶然間問了奧特老哥這個問題，他只簡單說女祭司莎賓娜替馬斯多塔擋住致命的一擊，他才能只受重傷而不致於死去。至於救活馬斯多塔的，則是馬爾斯用她自己的命換來的，這兩個女人是馬斯多塔一生的摯愛。聽到這裡後，我忽然間體會馬斯多塔甦醒後的打擊，失去摯愛、兄弟、還有大多數的友人，於是不忍心再問下去了。

第九節　紅袍法師會

自從山達克來了後，我每天到森林中央空地的暖身運動，便只好改到森林西側的水池旁，這是因為山達克一大早就在那邊誦經的緣故。

經文是用普隆達語寫的，山達克本人也是來自普隆達尼亞。山達克說藍月協定後加入的吸血鬼，大部分都是來自他的故鄉，只有少數人是來自更南方的賽席尼爾或東方的大陸。

吸血鬼拒絕信仰莫拉克大君是一種背叛的行為，這也解釋了那時候為何那天有吸血鬼被自己人當場格殺。山達克說他終於可以大聲唱經文了，但是我覺得他破壞了早晨特有的寧靜。

就在山達克到的第二天下午，總管強尼騎著馬回來了。他看起來精神奕奕，但他發現在守衛小屋遇見一個自稱新守衛的人，行為詭異可疑。我解釋著他是馬斯多塔新收的守衛，他點頭後問我旅程有趣嗎，我則告訴他，以一名不入流法師來說，已經太過於刺激了，畢竟我不是阿爾薩斯也不是奧特。

「阿爾薩斯？」強尼有些錯愕，我告訴強尼我幾乎讀過阿爾薩斯所有著作，因而判斷他被世人誤解了。強尼只說：「很特別的想法。」

另外，我告訴他地下酒窖裡還關著一個人，沒想到強尼總管反而先回答：「那我們就不應該靠近那裡了。」

出乎意料外的是當天晚上十分安靜，以致我一度誤以為邦德布雷克受到非人待遇後死去。但天一亮我就發現他被用麻繩綁好放在載貨的馬車後頭，而馬斯多塔手執韁繩坐在前頭，似乎在等待什麼人。

「你又要出門了？」我看這樣子擺明就是了。

「我要把這傢伙帶到黑木之門領賞。」馬斯多塔說完後，小聲地繼續講著：「順便帶美女們去黑木之門觀光。」

「美女？那來的美女。」我一說完便領悟了，本來想脫口說「我替你跑一趟。」但後來想想還是算了。

就在費司特他們幾個守衛把旅行用品搬上馬車後沒多久，安娜絲塔西亞和克莉絲汀已經來到莊園了。

克莉絲汀一身素雅的旅行裝，若不是背包上那柄戰斧，沒人可猜出她的身分，至於安娜絲塔西亞依舊是法師的裝扮，只不過我這次看清楚，她法杖上的裝飾物是一隻展翅的老鷹。

兩人和馬斯多塔說了幾句後，克麗絲汀發現了我。「嗨！僕役小弟。」她如此和我打了招呼。坦白說，一大早就看到她已經讓我精神為之一振了，我心裡想著如果能像先前被摸著頭，那我一整天都將精神百倍。

沒想到費司特反駁了：「約翰先生不是僕役。」旁邊另一個守衛巴布也附和。

克莉絲汀側著頭看了我一下，我趕緊澄清：「沒有這回事！在克莉絲汀小姐面前，我永遠是妳忠實的僕人。」

克莉絲汀似乎非常滿意我的答案，她彎著腰捧著我的臉頰親了一下說，「這是給忠心僕人的獎賞。」這樣的結果，簡直讓我湧現了攻下一座城堡的力量。

面對這樣的變化費司特他們驚呼了起來，但也轉變得很快。

「克麗絲汀小姐，費司特・皮爾卡森是妳忠實的僕人。」

「不對，巴布・穆斯朗才是妳忠實的僕人。」

面對這樣的轉變不僅克莉絲汀非常開心，安娜絲塔西雅還大笑了起來，她對馬斯多塔說：「一個吻就可以買走了半個莊園的人，你的僕役們簡直毫無忠誠可言。」馬斯多塔則是一臉無奈的表情。

「你們不要再鬧了！」我一看是總管強尼走了過來，這讓費司特他們只好不情願地閉上嘴。強尼總管走到馬車前說：「祝園主大人旅程愉快！」

馬斯多塔扶著克莉絲汀上了馬車，接著拉起了安娜絲塔西亞，在拉起安娜絲塔西亞的瞬間，還親了她手背一下。就在我嫉妒起馬斯多塔佔了所有好處時，兩位美女對我們傳來飛吻，同樣是大叔的費司特和巴布像猴子一樣跳個不停，但強尼總管卻只是漲紅著臉目送他們離開。我一直好奇是怎樣的人生遭遇，讓人類的性格差距拉的如此大。

「趕快回工作崗位了！」強尼忽然大喊一聲。當我跟著費司特他們準備離開時，強尼總管對我說：「約翰先生，您又是園主的代理人了。」我問他：「那要做些什麼？」強尼回答：「您想做什麼事都可以。」說完他點個頭便向宅邸走回去了。

就在思考做些什麼的過程中，我想起了之前馬斯多塔和克莉絲汀她們的互動，產生了一種直覺。那就是馬斯多塔的情人只有安娜絲塔西亞一個，克莉絲汀可能只是為了某種原因而跟在安娜絲塔西亞的身邊，例如克莉絲汀是安娜絲塔西亞的保鑣或侍從之類的。

如果真的像我推論地那樣，馬斯多塔回來時，我一定要請他替我向克莉絲汀提親，畢竟我已經是獲得真愛之吻的男人。想到這裡我亢奮到靜不下來，便跑到田裡幫忙收穫小麥。

接下代理人的日子對我來說是最棒不過的，有了上次的經驗，我完全拿捏住那個界限。

自雅莉絲的事件之後，獵手村已經成了我的傷心處，盡可能不再靠近了；至於王城總覺得會沾惹麻煩而避之唯恐不及。不過我倒是出席了父親的騎士晉升儀式，但請柬不是發給我，而是馬斯多塔，我則是以莊園主人代表列席。

儀式地點在王城的茱莉安神殿，神殿裡外則掛滿了當日五個晉升者所屬的家族旗幟，當然酒瓶家族紋也在上面。我發現酒瓶正如里奇所說那像變胖了，此外顯眼的紫色底色恐怕是老爸唯一能決定的。

儀式莊嚴肅穆，父親的裝備除了凸顯家族風格外，表現無疑是最佳的：最標準的單膝跪姿、最有精神的宣誓及答覆、最符合禮節的動作風範，贏得在場許多貴族稱許。

這雖然十分荒謬，但其實這國家恐怕有一部分的歷史都是假的，這樣的情形或許還蠻相稱的。這是我在遍覽諸國歷史後所下的結論。

當然邦卡人民最耳熟能詳的故事就是「布瑞克國王單人退敵」。故事中還是王子的布瑞克受到了北地聯盟與普隆達尼亞的南北夾擊。勇敢的布瑞克王子隻身進入北地聯盟，斥喝他們的野蠻與傲慢。

北地諸王在聽完後自知理虧，紛紛向布瑞克王子下跪，稱呼他「真正的王者」並甘願受他指揮。後來布瑞克王子親率邦卡和北地聯盟軍隊，擊敗普隆達尼亞，登基成為第一任邦卡國王的故事。

當時在餐桌聽完這故事的馬斯多塔大笑。他說他還記得布瑞克來請求提前發兵保護他時，那副唯唯諾諾的蠢樣子。

話說回來，當我向父親恭賀時，他說他不僅知道我在奧斯卡領主下面工作，而且這工作還是因為他推薦的結果。接著老爸居然和我大談他如何進攻藍月之城，以及如何擒住艾爾維爾城主的那場搏鬥。

後來的宴席中我遇到了老哥，他已經從南方回來並住在父親的新宅邸了。我問他是否相信老爸說的一切，他只是苦笑。

回到莊園的路上，我想到一個打發時間的方法。我吃完早餐後便到書房裡，然後在裡頭設計午餐和晚餐的菜單，再交給強尼總管處理。起先我以為強尼總管可能會認為我在胡鬧而斥責，沒想到他很認真看待此事。後來費司特跟我說，馬斯多塔也幹過同樣的事。

總之通常我都往守衛那裡跑，下棋、吃點心還有美名為巡邏的移動式聊天；我很少到麥田那邊勞動，雖然我承認他們是比較辛苦的。為了彌補內心的愧疚，我們偶而會用在森林中採到的野蜜，炮製冰涼的蜜糖水請在田裡的人喝。

這個點子是費司特想到的。在一次的巡邏中費司特說隊伍中有兩名法師讓人非常的安心，關於這點我是認同的，特別是在山達克加入守衛隊後，這已經成為一支鋼鐵勁旅了。聽到這種說法的山達克堅決反對，他說自己其實是歷史學者出身，對於魔法和戰鬥的事情本來就不是很專長。

「那魔法要用來煮飯嗎？」有人這樣說著。「這樣還不如夏天提供冰水。」也有人這樣說。這時費司特舉起剛採到的野生蜂蜜說：「約翰先生，您不是說想要招待那些田裡的人嗎？」就這樣我們開始製造冰涼的蜂蜜水了。

當然過程中山達克出力最多，他用魔法凝出冰球放入水罐中，完成後他說自己所耗費魔力太多，有種虛脫感。我想到馬斯多塔說過的話，確實做這種付出與所得不成比例的事情十分不智。當然我自己了解用火魔法煮飯的白痴之處。

但這種蜂蜜水相當受到田裡勞動的人歡迎，在他們大大讚賞的背後，肯定是希望能夠經常能喝到一杯。

山達克則是一臉苦差事的表情，為了減低山達克的負擔，我只好加入山達克的製作冰品的行列了。

有關冰魔法在低階等級中的實用性不高。單純就噴射出夾雜碎冰的冷風和火焰相比，破壞力與殺傷力高下立判。儘管如此，高階的冰魔法卻有無窮威力。經過山達克十多天的訓練後，噴出帶著雪花的刺骨寒風對我已經不是問題。只不過這個功能除了製作清涼飲品外，我還想不出其他用途。

但很快的連這樣的功能也消失了，因為初冬降臨。田裡的人改去修繕房屋及製作日用品器具，少部分人去製作一些加工食品，當然連守衛隊的巡邏也停止了。

由於我對各地菜色了解有限，慢慢地菜色的事很難變出新花樣了，後來我索性把決定權交回給廚房。

我大部分的時間不是待在書房就是個別請守衛們過來聊天，這些人中以費司特及山達克的故事最豐富，但要論到正確性的話，就首推阿貝魯了。在百般無聊的當時，我並不知道這樣悠哉的日子又將要結束了。

信是在早餐後強尼總管遞過來的，右下方還有個洪斯家族的紋飾。

「這是什麼？」我收下後問強尼。

「很明顯是寄給您的信。」強尼的回答跟我的問題同樣愚蠢。

我打開信發現是馬斯多塔寄來的。他說已經在黑木之門了，由於他自稱約翰・斯萬的代表，因此獲得國土隆重接待。尤其是一名叫洪斯的貴族，不僅提供住處，更是熱情地帶他們導覽黑木之門。

信中末了談到他聽說了喀絲卡小姐的事情，並且見到了她。此外，克莉絲汀要他代為關心她的「忠實僕人」，這讓我高興了老半天。

不過最後他加了一行字，他說有人正在打那面女神之鏡的主意。

我花了大半天寫了兩封信，給馬斯多塔的信只寫了幾行，告訴他放心莊園的一切事情；至於克莉絲汀我則寫了足足十頁，我把秋天的莊園景象及生活，還有遇到與聽到的各種有趣的事情鉅細靡遺描述給她知道，最後當然還要署名「妳最忠實的僕人，約翰．斯萬」。

我慎重地在信封上封上膠泥，並派遣阿貝魯騎著快馬送到黑木之門的洪斯男爵家。為了避免阿貝魯遇到麻煩，我還將之前奧斯卡領主簽署的調解人任命狀，交給阿貝魯使用。

阿貝魯走後的我像完成任務那樣鬆了一口氣，但同時之前所疏忽的小細節也宛如晨霧散開那樣清晰可見了。那就是女神之鏡的問題。

我拿出馬斯多塔的信反覆咀嚼，發現他可能是提醒我近期內就會出現搶奪女神之鏡的個人或群體。

雖然莊園中有傑克五號鎮守著，但馬斯多塔說它只是會專心消滅敵人的傢伙。更何況如果來的人雖然能力不到傑克能力一半，但只要能夠打敗我和山達克，那一切就完蛋了。

我輾轉反側一個晚上，想到最好的辦法就是帶著鏡子離開，尋求奧特老哥的保護。至於馬斯多塔所在的黑木之門，路途遙遠又陌生，列為第二方案。

天一亮我就告知強尼總管要出一趟遠門的打算。當強尼總管看到我把女神之鏡放入背袋中時，顯得相當疑惑。

「約翰先生，你要把那個女神之鏡帶出門嗎？」強尼問著。

「這個理由非常複雜，總之留在這裡不是好事。」我如此回答著。

「可是女神之鏡放在側廳，我看不出有什麼不妥的地方，再說您帶著那種東西，可能也無法受到女神庇佑。」

「謝謝你提醒，但我覺得還是這樣比較好。」我這樣說完，強尼總管鞠躬後說：「約翰先生，一切就按照您的意思辦理。」便離開了。

我簡單整理行李後就出發了，由於我想起小約翰腰間的皮帶有些老舊，因此帶著伊兒送的龍形金飾皮帶準備送給小約翰，以免掛在自己房間裡看了傷心。

費司特和山達克聽到消息跑了過來，我則提醒他們要不定時巡邏莊園，並保持警戒。

費司特吃驚地問是怎麼回事時，我則簡單闡述有人要來搶這面鏡子的事情。費司特對我的捨己為人的勇氣大為佩服，山達克則說我擁有最後使徒的身分，一切邪惡終將無法靠近。我也希望是如此。

我穿上了上次的皮甲，但由於天氣轉涼，山達克拿出他的墨綠色法袍讓我套在外面，這讓我覺得自己是和邦德布雷克一樣膽小的法師。當然最後腰上還掛上佩劍，看上去有點奇特。

最後阿貝魯牽著馬，並帶來了全莊園的人前來送別。除了強尼管家送我到吊橋前之外，大家一直送到莊園外圍才打道回府。這件事還讓鄰居——獵手村的人們有小小騷動，以為哪個莊園主人要出來欺壓無辜了。

我順著上次的路前進，和上次慢吞吞走著不同，我讓馬匹小跑步，以適當長途跋涉。

然而從第二天開始，我發現有一個深灰色斗篷男子，經常在我的視線內出現，連吃飯時都可以在酒館的某個角落找到他。雖然每次我注意到後不久，他就消失了。可是很明顯地在跟蹤我，而且技巧拙劣。

到了第四天，剛好走到一處空曠的地方，兩旁都是低矮的草皮無處躲避。我故意放慢馬的速度吹著口哨走著，並假裝看風景四處回顧。他發現我在注意他，可是他自己的手法也和我一樣笨拙。每當我往他的方向望去，他就蹲下身體，以為把自己隱藏的很好。

我後來決定先發制人。我邊加快騎馬速度，並且邊唸著氣彈咒文，果然他跑著追了上來。這時我忽然勒馬迴轉向他衝去，他嚇了一跳來不及閃避，我扔出氣彈後他慘叫了一聲便倒下去。

我後來聽到呻吟聲音，發覺可能衝鋒速度太快而沒有命中核心，於是下馬拔出劍向斗篷男走去。

「覺悟吧，你這個刺客！」我舉起劍後，發現他左腳受傷不能動了。

「慢者！等一下！」他手伸進衣領中，似乎在掏什麼東西。

「立刻停止動作，否則我不客氣了！」我這麼說，他並沒有要停下來的樣子。

當我說出「不要怪我了。」這句話後，對方拿出一個手掌大小的圓形木牌喊著：「請看這個！」我一看，木牌除了畫著狼頭的圖案外，什麼也沒有。

「這算什麼？別以為拿出木片就可以號令別人。」我為他的幼稚感覺到好笑。

「不是這個意思，我是狼組的吉諾。」他高舉著木牌，彷彿可以驅離惡靈那些要我後退。

「所以狼組的人是要做什麼？」我說完後他好像想到什麼，趕快回答著：「這也難怪你不認識我，因為是第一次。是紅袍法師會的人僱我來保護你的。」他吞了口水繼續說：「不認識狼組，紅袍法師會總該知道了吧？」

「紅袍法師會？」我猶豫了一下，坦白說在這之前我根本沒有聽過這個組織，但吉諾那傢伙像溺水者抓到岸邊救命的草說著：「對，就是紅袍法師會。他們這次有大麻煩，抽不出人手來保護你，所以才僱用我們狼組的人。」

「什麼樣的麻煩？」我猜會不會是馬斯多塔的另一個身分，便接著問：「是金・穆斯朗叫你來的？」

吉諾則說：「我不認識叫金的男人，是凱薩琳僱用我的。至於僱主其他的麻煩，這個我們從來不過問。」他為了取信於我還撿起身邊的石頭拋向遠處，然後從靴子抽出匕首，精準地射中它。

「看吧！我是來保護你的，否則早就得手了。」吉諾如此說。

雖然不知道紅袍法師會這個組織，但我決定暫時相信一切沒有惡意。吉諾這時才鬆一口氣，並且開始喊痛了。

「真是不好意思。」我說完後要扶他起來，吉諾叫著：「不能碰我，骨頭可能斷掉了。」我道歉著並說認識醫療法師，我指的是馬斯多塔。吉諾剛開始時還非常開心，但後來得知醫療法師遠在黑木之門時則大叫：「別開玩笑了！」

我後來依他的指示，在前面的村子裡買了木板和破布。我還另外買了載貨的馬車及僱了一個叫西柏斯的村民幫忙。

吉諾很熟練地用木板和布條把左腳固定好，然後由我和村民一起將吉諾抬上馬車，西柏斯領了一個金幣後便喜孜孜回家了。東方的法隆城有狼組的分部，吉諾說他搞砸了，希望我能帶他去那裡。由於確實是我的錯誤，而且法隆城並沒有偏離金牛山所在的多魯爾鎮太遠，所以我們就先向著法隆城出發了。

我和吉諾聊了一會才知道狼組原來真的是一個殺手組織，我卻是他們第一個受到委任的保鑣工作。吉諾罕見的承認了錯誤的另一個原因，他說凱薩琳小姐付了兩個保鑣的費用，不過在人手不足情況下他們老大又接下新工作，於是才臨時將他的搭檔調走。我告訴他到了法隆城後，我會寫張工作完成的證明給他，吉諾則相當的高興。

得知我是「美女莊園」的人，他更是驚訝。他說十多年前有個莊園主人看不慣馬斯多塔的作風，僱了幾名殺手要取他的命。結果不僅殺手們屍體全被釘在王城大門上，連莊園主人一家五口也人間蒸發。從此美女莊園是他們業界的禁忌之地。

「還有更可怕的。」我準備發揮說書人本領，來個人生大開講時，後頭的吉諾發出了噓聲。我以為他不想聽我講下去，後來才知道是暗示我安靜一下。

吉諾將身體挪到我背後，用氣音說：「客人，我們似乎被盯上了。」

「叫我約翰。」我接著說：「那我們該怎麼辦？」我掃視了四周一下。

「不要看啦！」吉諾小聲說著，「我們加快速速度，不要在村子過夜，直接到下一個小鎮去。或許人多的地方對方比較不敢下手。」

我加快了馬車速度，在落日前到了一個小鎮。在住了一晚後我們便面臨新的抉擇，那就是出發到法隆城或是改道去金牛山。

我們後來往法隆城出發。法隆城不僅距離較短，吉諾說狼組分部裡也是高手如雲。

翌日早晨我們就出發了，吉諾提醒要走人多的大馬路，暫時沒有問題。但就在奔馳中眼前出現了看起來樹木並沒有很茂密與高大的林子。

「怎麼辦？」我望向後頭的吉諾，他氣急敗壞對我說：「你是隊長耶！」我不知所措只好說：「投擲銅板決定？」這時吉諾口氣更急了，「快決定，後面至少有十名法師追來了！」

不可避免地只能繼續往前了。進入樹林後，吉諾喊聲「來了！」我還搞不清楚是怎麼回事，人已經飛了出去。

我跌倒在地後勉強爬了起來，只有聽到吉諾的喊痛聲，而不清楚他人到底在哪裡，我這才發現原來馬車是被火球擊中。

雖然馬車只有零星火苗，但已經不堪使用。至於馬匹則驚嚇過度，在牠站起來後由於失去束縛，使朝太陽的方向逃走了。

我找到呻吟聲音的來源，看到吉諾躺在地上。吉諾一看到我忽然從袖子中抽出匕首朝我射來。我來不及閃避只能在內心咒罵，一直到匕首從我左肩飛過並從後方傳來被刺中的叫聲，我才發現被吉諾所救。

「約翰，又來一個了！」吉諾說完後，我邊唸著雙火球咒文邊轉身，果然看到十步以外有個穿褐色法袍的人正準備唸咒。

我馬上將手上的兩個火球投了出去，沒想到對方唸咒的速度極快，立刻張開了一面小型能量盾，並向同夥的人高呼「在這裡！」

我向吉諾提議一起攻擊，對方眼看我唸咒後投出雙火球，再次張開一面能量盾防禦。雖然擋住了火球，但吉諾的飛刀穿越能量盾，刺中對方右大腿。

眼看著對方一跛一跛張開物理盾及能量盾並後退，我覺得機會來了。一般人同時張開兩種盾，意味著要將相同的力量分配到兩個地方，也就是能量各減一半。當然也有例外的情形，不過那是屬於大法師等級的人，對魔法盾的能量分配心得。如果你們希望有更進一步了解，我誠摯推薦阿爾薩斯的作品，〈魔法之盾的應用與故事集〉。

話說回來，當我們第二次攻擊時，那名法師雖然阻擋了吉諾的投擲武器，但火球卻穿越了能量盾擊中對方，顯然他小看了我的能力而將大部分的魔力用在防範來自吉諾的攻擊。

看著對方燃燒起來，我高興喊出：「命中了！」但此時右臂忽然灼熱劇痛，並且莫名其妙失去平衡跌倒了，我才知道自己中了火球魔法。

我倒下後唸起冰系咒語，用吹出帶碎冰的冷風撲滅右邊的火勢，並向吉諾求救。沒料到吉諾扔出了幾次匕首都被趕來的四名法師用物理盾擋住，後來吉諾索性躺在地上，像一個賴皮的小孩那樣拒絕坐起來。

「你在做什麼？快奮戰啊！」我邊大叫邊爬了過去。吉諾抬起脖子說：「匕首丟完了，也跑不動，看來這次真的完了。」他說完後又躺平了。此時約二十人以上的法師與劍士把我們圍了起來。

一名看似帶隊的法師命令我把東西交出來，我正準備打開背包的時候，吉諾提醒我：「雖然我不知道要什麼，但東西交出去還是會死。」對方其中一人則用他手上扭曲的法杖指著我說：「或是等你們死了我們再自己拿。」

我想到這次絕望了，但「絕望」讓我想到馬斯多塔的咒文。雖不甘心，但想到死也能拖一些人墊背，也算值得了。

「吉諾抱歉了！」我說完後，吉諾回答：「走這一行早有準備了。」吉諾以為我是為到目前為止的遭遇道歉，但其實我是為接下來即將發生的事情說的。但在那個當下，是沒有心情去多做解釋。

我儘可能快速地將脖子的項鍊拉出，看這皮革上的拼音唸起了咒文。時間非常緊迫而千鈞一髮，我沒時間注意對手的反應。

在短短咒文中，我聽到了「他在亂七八糟唸什麼？」「臨死前開始胡言亂語了！」這些嘲笑的話。我一度懷疑這是馬斯多塔的惡作劇，如果是的話那也玩笑開太大了。一直到我唸完後他們才驚呼了一聲，我抬頭一看他們全部都一副警戒的樣子。

看到對手們的樣子，我才注意到緊鄰右方處，正有一個水幕張開，有如石頭掉入水池中的波紋那樣張開到書櫃大小，只不過是垂直的。然而波紋靜止後，我卻在水幕後看到了安娜絲塔西雅，她正張大眼睛看著我。我想原來真的是馬斯多塔的惡作劇。即便如此，能夠在安娜絲塔西雅這樣的美女注視中離開人世，也是一種幸福。

「約翰，你在做什麼？」忽然傳來熟悉的聲音，我的眼睛聚焦從安娜絲塔西雅的臉孔中拉遠而注視整個水幕全景，發現馬斯多塔正一手摟著安娜絲塔西雅，一手舉著酒杯，從椅子及牆上背景看來無疑是處宮殿之類的地方。

「救命啊！馬斯多塔！」我拼著吃奶的力氣喊著。

水幕裡的安娜絲塔西雅笑著轉頭對馬斯多塔說：「你剛剛不是說每個弟子都所向無敵？」接著她用手背遮住嘴，大笑了起來。馬斯多塔似乎因為窘態畢露無法回答，不知罵了什麼後手一揮，水幕立刻向中央集中並消失。

「這算什麼召喚咒！」看到這一幕的敵人大笑了起來，另一些敵人則問發生了什麼事情。就在我絕望，還有對方還沒將所見的趣事講完之前，緊鄰吉諾的地方又憑空出現一小點並迅速向四面八方張開一個水幕。

這個水幕擴張的大又快，轉眼已經成了兩層樓高的大小。和之前水幕不同，雖然像水一樣澄清，卻看不透裡頭的東西。但敵方法師們此時已經大叫了起來：「這傢伙不要命了！」、「糟糕了！古多雷吉達！」

一如跳入池塘濺出巨大水花那樣，伴隨著飛濺的水珠走出來的是巨大的傢伙，我這才明白水幕的尺寸是量身訂做的。眼前這個充斥著褐色短毛的雙足怪物，長著一對水牛的長角及蝙蝠般的肉翅，加上獠牙的兇惡相貌，乍看下和吸血鬼城堡中常見的石像鬼雕刻有些類似。據說石像鬼雕像會在吸血鬼周遭頻繁出現，是因為他們對來自幽界的雷吉達類生命體，有著強烈的崇敬之意。

「原來只是普通的雷吉達，這些法師看來沒讀過相關的圖鑑。真正的古多雷吉達更巨大、更強悍。」我心裡這樣想後，忽然能體會藍月之城的艾爾維爾在覺悟後，那種冷靜的心境。各位千萬不要誤會，「只是雷吉達」是處在當時必死覺悟的冷眼旁觀用語。不然僅是雷吉達，好幾位大法師聯手都不一定會有勝算。

雷吉達一出來便將最近的法師一腳踢飛到比樹還高的地方，雖然沒有看到那位法師掉到哪裡，但結局可想而知。忽然間火球、冰錐接踵飛向雷吉達，雷吉達雖然沒有防衛，但似乎動作減緩並皺起眉頭，即便如此牠依然抓起一個法師擲了出去，當然那可憐的人飛到數十步外後就撞樹斃命了。看著這一場戰鬥讓我覺得有似曾相識的感覺，這才想到這些法師的眼神，跟當時攻擊馬斯多塔的吸血鬼們臉上的恐懼如出一轍。

然而水幕又起了一次波動，另一個雷吉達的現身讓他們放棄抵抗而開始逃命。先出現的雷吉達舉起左手，巨大的冰矛不停的射出來，接著另一名雷吉達也做相同的事情，看起來有如冰矛的雨。不過眨眼的時間地上已經布滿了數百隻的冰矛，當然對方已經全數陣亡了。雷吉達們之後接連張開大嘴吐出熊熊烈焰，將遍地屍首及冰矛完全燒毀。熱焰的高溫讓我們不僅把之前的嚇出的冷汗蒸乾，還讓我在這初冬時像盛夏那樣直冒汗。

我坎坷不安揣測接下來的命運，沒料到牠們居然無視於我的存在，往樹林另一個方向走了過去。其中一個雷吉達用手往前一推，出現了剛才那樣的水幕，我這才發現之前召喚牠們來的那個出入口早已經消失了。

兩隻雷吉達進入水幕前轉過頭來，用著握拳的右手往左胸脯用力一拍，說了句我聽不懂的話便走入水幕之中。當然水幕立刻收縮到無影無蹤，彷彿剛剛是場惡夢，只留下焦黑土地和被夷去一個缺角的樹林。

我發呆了一陣子，吉諾首先大笑了起來，「得救了，約翰！」他如此說完後我囁嚅說著：「差一點就死掉了。」吉諾大概認為我沒聽到，又更大聲說了一次：「我們得救了！」說完後他笑得更大聲了。

後來我們又花了兩天才從樹林移動到法隆城，過程極為繁瑣複雜。

首先我用大樹枝做了一個簡陋的架子，把吉諾放在上面拖曳著走，接著到最近的村子求救。這一段過程光用回想的方式，就足夠再把我累死一遍了。

總之，到了法隆城後我把吉諾帶到狼組的分部。此外也寫了張感謝函給吉諾，證明他確實完成了任務。吉諾當然非常高興。

法隆城雖然是東部人口眾多的大城，但街道既小又彎曲，簡直跟迷宮沒兩樣。關於狼組的分部我本來以為會看到一座巨大神祕的建築，戒備森嚴關卡重重；然而事實卻是位於某不起眼民宅的地下室，而且只有四個人。我帶吉諾來時令他們吃了一驚，我們的遭遇更讓他們直呼不可思議。

我在法隆城停留了一天準備馬匹和糧食後，便往金牛山出發了。我雖然宣告吉諾的任務完成了，但狼組的人還是派了兩個綽號叫「刀疤」和「閃電」的人帶我到邊界上，臨別前他們告訴我，如果有想要除掉的敵人請優先雇用他們，我則問下次有保鑣的工作還接嗎？狼組的人回答：「有錢賺幹嘛不接？」我們就在笑聲中道別了。我認為企圖搶奪女神之鏡的組織已經被消滅，即便還存在，短時間內也不會有消息，因為知道我去向的人都已經被茱莉安娜女神叫去問話了。

我騎著馬兩天便到了金牛山，然而到達後只剩下幾名士兵和廚房的人們。奧特老哥和小約翰他們幾個，應馬斯多塔的邀請一起到黑木之門旅遊去了。既然敵人已經沒了，而且冬天已經來了（邦卡的冬天我已經受不了，更何況遠在東北方的黑木之門），所以我決定回到莊園了。

我留下了一封信和伊兒贈送的皮帶，請他們轉交奧特老哥和小約翰。本來還有一個小橡木桶裝的特釀葡萄酒，可惜隨著馬車的翻覆而歸於無。

回程非常悠閒，出發前的緊張感全沒了，唯一的缺點就是太冷了。然而當時我還不知道有一個人生悲劇在等著我。

我回到莊園後阿貝魯已經回來了，他說有口信和信件要交給我。問我要先收哪一個。「先說口信吧！」我說完後阿貝魯忽然走到我跟前，用雙手托著我的臉頰然後在額頭上一吻，說著：

「給我忠實的約翰。」這讓我既高興又生氣。高興的是克莉絲汀看了信後給了一個吻；生氣的是阿貝魯這傢伙居然代替我受到親吻。

我懷著難以言喻的複雜叫阿貝魯把信拿過來，是馬斯多塔寫的。信的內容是問我是否喜歡上克莉絲汀，如果是的話他勸我早日放棄，因為克莉絲汀是巨錘森林的下一任女王，不可能嫁給一個平民。當然安娜絲塔西亞會和她形影不離的原因，就是因為她是一名隨扈。

信讀到這裡我的心都碎了，我默默走回房間，覺得自己可能無法再愛上別人了。我當時唯一能找到的解釋，應該是我在樹林裡殺了一個人，因此受到來自茱莉安娜女神的懲罰。

第十節　計謀

那一年的冬天特別冰寒，吹過來的冷風就像是一種在撕裂肌肉的魔法那樣。

我大多數的時間都待在書房的火爐旁，偶爾總管強尼會建議要多到屋外走走，才有年輕人的樣子。通常我會接受建言，然後從宅邸走到守衛小屋。

冬季中守衛們幾乎都擠在這裡，聊天或是說故事。有一天山達克帶了一把四弦琴過來，並為了大夥彈奏了幾首歌。當守衛們問他還會什麼時，山達克搔頭說他還是業餘的吟遊詩人。

在守衛們的慫恿下山達克說了一個奧特老哥早年的冒險故事「七隻怪物七隻劍」。令我吃驚的是山達克居然將整個情節，以彈唱的方式表示出來，而且韻腳非常流暢。相對於山達克的表現，我才了解到自己以往稱為吟遊詩人的過去，不過是坐井觀天般無知而已。

有個不識相的守衛加斯東，提到我也是一名吟遊詩人，包括山達克在內所有人都面帶微笑看著我，等著看我露一手。面對這種尷尬，我只好聲稱基於某種原因而不再吟唱了。

「什麼原因？」巴布好奇問話。費司特立刻指責巴布的魯莽：「既然沒說明原因，當然有不想被人碰觸的傷口。」語畢，眾人紛紛指責巴布讓他無地自容，我只好出面緩頰。我循序自己的設定及眾人的觀感走下去，忽然間發現我已經人在小屋之外。因為大家認定我勾起某些不為人知的傷心過往，需要獨自散心。

離開後我十分後悔，小屋內有溫暖的火焰、派及餅乾、美酒及歡樂的同伴，早知道就大方承認自己只是三流吟遊詩人就好了。所以諸君，在多數情況下誠實是正確的路，這是我的心得。

我請人轉告強尼管家說要出去走走，結果不知不覺竟然走了一大段路，到了當初邂逅克莉絲汀的那間酒館。我唯一記得的是店裡的甜酒一點都不甜，此外就是第一次見到克莉絲汀那種內心的悸動了。為了緬懷當初的相遇以及忘記這段相遇，我決定到酒店裡喝他一杯。

我坐在旁邊的吧檯，沒有多久酒保便認出我了。

「一樣是好喝的蜂蜜酒嗎？」酒保嘻皮笑臉說著。

「不了，來杯牛奶就可以了。」我這麼說是因為蜂蜜酒不香也不甜，結果來的是一杯酸奶。

「老闆，你弄錯了。是要牛奶。」我抗議著。

就在老闆解釋沒有牛奶時，幾名彪形大漢靠了過來。其中一個人以挑釁的口吻說著：「來這裡還喝牛奶？既然是小孩子就滾回家喝奶去吧！」

我抬頭來，看到酒保對我比出息怒的手勢，一方面又示意大漢們趕快離開，但對方不僅無動於衷，還從背後推了我一把。

在他們大笑中我唸著火球魔法，就在對方的歡樂即將進入尾聲之際，我舉起了右手的火焰笑而不語。

「你是無杖者！」大漢們全都後退了幾步，其中一人還因撞到椅腳而跌倒。

這時酒保跟他們說：「不是叫你們不要靠近嗎？」這時我接著喊：「滾出去！」大漢們爭先恐後地逃出了酒館。

看到大漢們走掉，我對酒保說：「算了，就酸奶吧！」酒保則笑臉回答：「這杯小店招待。」

此時我聽到有人小聲問我是誰，另一個則告訴他說：「是那個無杖者的朋友！」問話的人則回答：「就是那個老是引誘別人找他麻煩，然後再修理對方的那個怪人？」回答者小聲說：「沒錯，但你要小聲一點。就是他的同夥！」

意外聽到馬斯多塔的評價，我暗自覺得好笑。就在我竊笑之餘，一位穿著寶藍色調的旅行裝束美女走了過來，並坐在我旁邊椅子上。我用眼角餘光一瞥，是一位完全吸引我的美女。

「你不請我喝杯酸奶嗎？」美女說了第二次，我才意會到她是在對我說話。

「榮幸之至，美女閣下。」我回答完後轉頭對酒保說，「請給這位美女一杯飲料。」美女笑呵呵地稱讚我是善解人意的人。我問她如何稱呼，她則回答：「克莉絲汀。」

「克莉絲汀！」我心中驚呼一聲。我雖然因為茱莉安娜女神的懲罰而失去克莉絲汀，但茱莉安女神卻安排我和另一個克莉絲汀相遇。我在內心稱頌著茱莉安女神神妙的安排。

「約翰，很帥氣的名字。」她盯住我的雙眼繼續說：「像你這樣棒的男人一定有很多故事。」

「那是當然的！」我回答著。想到自從當上法師後身邊就美女不斷，我提醒自己應該要儘早習慣一名法師的日常生活。

我一展吟遊詩人的才華，跟這一位克莉絲汀說了關於我的冒險故事。我確實將經歷稍微潤飾一下，這就像廚師在烤雞中撒上少量鹽巴那樣，只有一個目的：讓東西更為可口。

我在說完攻下藍月之城的經過後，她說我的故事讓她醉了，我則說她也讓我醉了。接下我真的有酒醉的感覺了。

我只知道我醒來後頭有點痛，而且嘔心想吐。更糟糕的是人就在一個廁所大小的鐵牢中，裡頭又溼又臭，非常的不舒服。這一切已經非常明顯：我被人偷襲或是下藥了。

我環顧四周看有無逃生的可能，非但牆壁是厚實花崗岩所造，牢房中鐵條的寬度也非我的魔法所能摧毀，在這種時候我又想起了馬斯多塔的咒語。

由於咒文沒有同歸於盡的可怕效果，讓我安心了許多。但又忽然間想到會不會被拿走，於是手趕緊伸到脖子上，才發現已經不見了。此外，身上的錢、手上的金戒指、屠龍劍、馬斯多塔寫的信以及一張由廚房的人所擬定的「本週推薦菜色名單」全被拿走了。這讓我真正了解到什麼是絕望。

我發現不遠處還有另一間牢房。這地方光源薄弱，我只能依稀看出裡頭似乎躺了一個女人，我這才想起酒店那個克莉絲汀也受到我連累了。

我朝向對面的牢房大喊克莉絲汀，終於看到趴在地上的人有了動靜。我趕快問：「很抱歉被我連累了，妳還好嗎？」我得到的答案是對方生氣的喊著：「你這個蠢蛋害了我！」我想到自己的行為居然讓一個優雅的美女出言不遜，確實是一個蠢蛋。

沒多久外面傳來鐵門開啟的聲音，接著光線刺眼到眼睛難以睜開。我適應光亮後發現是兩個配劍的男人，我儘可能要從服裝辨識對方來歷，但徒勞無功。

我直接問：「你們是誰？為什麼要抓我？」對方沒有回應，但把我的牢房打開了。我要求克莉絲汀也必需要一起被釋放，結果對方朝我肚子打了一拳，我眼睛一黑又不省人事了。

接著就像在冬天中有人掀開你的棉被一樣，讓我在寒冷中醒來。頭髮和臉頰到處滴落著水滴，這才知道自己被人潑了水。

我被繩索綁住並坐在一個不舒服的木頭上，前頭站著一名祭司裝扮的老人，而剛才押解我的兩個人就在旁邊。

「你們是誰？」我問。結果老人反而不高興地說：「我才要問你是誰？」

「我是約翰．斯萬，卡拉斯特鎮出生的人。」我覺得自己釋出善意了，但對方面無表情說：「狡猾的傢伙，故意避開重點！」他說完後旁邊的兩個人把我拉了起來，又朝肚子揍了我幾拳。坦白說我希望第一拳的時候就昏倒，但我要到第三拳才如願。

就這樣冰冷又潮濕的感覺又出現了，我再次從沉睡中甦醒。老人微笑著說：「接下來的花樣跟你的口風，到底那一邊更勝一籌？」他說完後我猜測可能是之前樹林裡那些人的同夥，於是我說：「你們要那面女神之鏡？」老人笑著說：「我們總算聊到正題了。」他接著說道：「我們有派人到你們的總部打探，發現你們想用側廳神桌上的贗品讓我們拿走。快說出真品在哪裡？」

聽完他的話我確定了三件事：第一是這些人根本不識貨，第二是他派去的人一定法力薄弱，最後是費司特他們真的如馬斯多塔說的，「只是讓莊園看起來很熱鬧」。

我想到馬斯多塔說過，面對刑求者最好的策略就是按照他們的擔憂，不分真假的說些他們想知道的，可免去皮肉之苦。至於如何應用，那只能存乎一心了。

「東西早就送到總部了。」我接著說：「此外，你說的總部只不過是第二分部旁邊的建築而已。」

「第二分部旁邊？」老人愣了一下，我則接著說：「我肚子餓了，給我藍莓派我就講出來了。」

「你欠揍！」旁邊其中一個舉拳要攻擊，但被老人祭司用手勢制止。老人彎下腰來笑著說：「只要講出你所知道的一切，藍莓派不是問題。」

「好吧！」我一副勉為其難的樣子，我自稱是「喀斯金達加教團」的一員，隸屬第二分部的成員，頭銜是第二分部的副主教。

「憑你這個樣子也能當上副主教？」老人一副不屑的表情。我則告訴他，靠自己當然做不了副主教，但我爺爺是總部教主的親信，因此被派駐這個地方。老人聽完冷笑一聲，但他身邊的人沒有動作，我猜目前疑信相參。

「你們不是出動了二十多人，最後音訊全無？」我想這樣說應該可以誇大組織的實力，況且真的說遇到雷吉達還能存活，也沒人相信。老人依舊不屑的回答：「你要說被你這種貨色打倒了？」

「當然不是，他們是被泰卡分部的一百多名法師殲滅了。」我說。

「胡說八道！」老人一臉怒容，額頭還青筋微微浮現。我則回答：「泰卡那邊的人，可不像我是靠關係爬上來的。」我說完後老人匆忙離開，只剩我和兩名守衛了。

不久後，老人又帶領一個穿著華麗絨布衣服的年輕人進來。年輕的那個人一看到我便問：「你說的分部在哪裡？總部又在哪裡？有多少人？目的是什麼？」

「我們總部位於普隆達尼亞皇宮的地下，人數在數千以上。至於邦卡第二分部則位於美女莊園旁邊的森林地下，連當地人也不知道。」我接著說：「至於目的，當然是迎接吾主喀斯金達加重返人世，並掃除所有阻礙的對手。」

年輕的人說：「從來沒聽過的亂七八糟教團，你能證明存在嗎？」

我要求解開身上的麻繩，年輕的人看了老人祭司一眼，老人則說：「這傢伙法力很弱，無所謂的。」於是我被鬆綁了。之後我活動了筋骨，然後模仿山達克那樣膜拜。我雖然不懂由普隆達文撰寫的經書，但自信學山達克那樣伊伊唔唔的應該不成問題。

「普隆達文雖然不太標準，但這種經文絕非一時半刻可以捏造出來。」老人又嘆氣後下了這樣結論：「每當光明即將來臨，黑暗總是伺機而動。」老人說完後，年輕人略為緊張說：「邪惡即將來臨，我趕快回去報告！」便離開了。

「把這個小丑帶走！」老人說完後，我還沒意會過來，便又眼睛一黑昏了過去。這次醒來非常快，醒來時正被架著走在牢房前。

「克莉絲汀，真的很抱歉！」我對著另一個牢房說。結果傳出了女人聲音：「到現在還搞不懂嗎？沒有克莉絲汀了！」我驚訝問著：「發生什麼事了？」牢裡只傳出：「那女人死了。」

我向架著我的守衛問為什麼要殺她，守衛不搭理我，只是開牢門後就把我扔進籠子裡。守衛走了後，另一邊牢房才傳來聲音說：「你心愛的克莉絲汀是我殺死的，你這個中了美人計都還不知道的蠢蛋。沒聽過『憑空飛來的好事，一定有惡魔作祟』嗎？」我追問怎麼回事，但對方不再理我了。

沒多久又一個守衛進來了，他放了一個碗在對面牢房前，又走到我的鐵牢前，拿出一塊派說：「你的派在這裡。」說完後當著我的面吃掉了它。守衛吃完後說著：「我就是討厭你們這些權貴，才要請神來主持公平正義的世界。」

「等等，我也是平民。」我跟他解釋。對方只說了：「無恥！」便走出去並用力關上門。

正當我又餓又冷之際，對面牢房的碗被踢了過來，碗中只有一塊麵包。「妳不吃嗎？」我問完後對方沒回答，一會兒後我才說：「謝謝。」

雖然麵包又乾又硬，但這是在一連串不人道待遇中，唯一包涵人性與愛的東西。這讓我對牢房對面的女性，產生一種戰友式的情感。

本來我以為飢寒交迫將使我無法入睡，結果我還是一覺到天亮。中間雖然曾因為吵鬧聲讓我短暫醒過來，但是之前受到的折磨令我很快又入眠。

清醒後我回到了一種舒適又熟悉的感覺，這樣的情境令我不敢張開眼睛，深怕感覺會像夢境那樣消失，而我又回到牢房的世界。但隨著時間的流逝，我對感官的判斷信心不斷增加，於是我瞇眼看看四周，發現自己確實躺在某個房間的床鋪中。

「約翰先生，你醒來了。」我嚇了一跳，以為回到了莊園，但張開眼睛後是一間陌生的房間，一名白髮的老者正對著我說話。我看他穿著暗紅色的法袍，法袍的後方有個白色的銀杏葉子符號，我問他是否是「紅袍法師會」的成員。

「非常敏銳的觀察力，約翰先生。」老者接著說：「肚子餓了吧，要吃些早餐嗎？」我則問：「跟我一起被關的人還好吧？」

「你是說凱薩琳嗎？她沒有事了，謝謝你的關心。」老者說著。

我想起吉諾提過是受凱薩琳的委託，因此想見她，老者則說她等一下就回來了，請我先下樓用餐。我觀察後發現這裡也是一處莊園。我問老者把我關起來那些人怎麼了，他笑著回答：「除了一個人外，其他已經清除了。」當我問到為什麼要紅袍法師會要保護我時，得到的答案是：「這是阿爾薩斯會長的命令。」

想到自己居然受到心目中偶像親自指定保護，讓我感動莫名。我向老者說：「我能有幸拜見阿爾薩斯會長嗎？」老者笑著說：「你已經見過了。」

「什麼！？原來您就是他本人！」我內心無比激動，不過老者揮手說他不是，他叫山謬羅吉斯，是「紅袍法師會」副會長。當我追問阿爾薩斯下落時，他只說自己說溜了嘴，不能再說了。

早餐中我向山謬老爹解釋我是阿爾薩斯的第一號書迷，他則瞇眼笑著頻頻點頭，模樣讓我想起了讓我想起了奧特老哥。忽然間一位穿著紅色皮甲的女性走了進來，她的美麗與英氣比起喀絲卡小姐毫不遜色，吸走了我所有的注意力而忘記如何說話。

「這位就是凱薩琳。」山謬老爹介紹後，我趕快站起來致意。

此時凱薩琳快步向我走來，她順手抽起一根放在餐桌上的長型麵包，朝我頭上暴打到麵包斷掉，並在山謬老爹還來不及勸阻時又快步離開了。

「請不要見怪，凱薩琳被會長寵壞了。」山謬老爹說。

「可是我依照書本的內容推測，阿爾薩斯大法師應該沒有子女。」我撿起麵包咬了一口說。

「凱薩琳是養女。公會裡的包威爾在一次任務中殉難了，留下的五歲女兒，阿爾薩斯就把她當自己女兒那樣撫養長大。」山謬老爹回答。

死裡逃生的我忽然間想找凱薩琳說話，但我只是像傻瓜一樣在這裡亂竄，不過在問話中我知道自己離王城不遠，位置在王城西南邊約半天的距離。

午餐過後費司特及阿貝魯已經駕著馬車到這裡了。凱薩琳依舊沒有出現，只有山謬老爹跟一個穿紅法袍的年輕男子出來送我。沒多久一個僕役端了大盤子過來，先前的劍、項鍊、戒指、信都還在，至於「本週推薦菜色名單」雖然被攤開來，但可猜出曾經被揉成一團而皺褶不堪。另外山謬老爹說找到錢袋時裡頭已經是空的，因此放入二十枚金幣表達一點心意。

我收下東西後，靠近山謬老爹臉頰旁小聲說：「山謬老爹，阿爾薩斯是金．穆斯朗、安迪亞．穆斯朗或馬斯多塔嗎？」山謬老爹跟我保證他絕對不認識我所說的這三個人。聽到這樣的回答，我確信他什麼都不知道。

上馬車後一想到自己總是給莊園的人帶來麻煩，我就把錢袋的金幣倒一半出來。我拿五枚給費司特，要他均分給守衛們；另外五枚則請阿貝魯均分給宅邸和莊稼組的人們。

費司特提到金妮認為我是僅次於馬斯多塔慷慨的人，我則大喊一聲：「糟糕了！」費司特問我怎麼了，我則告訴他：「如果凱薩琳一開始就跟蹤在我旁邊，那我豐富的情史豈不成了追求她的障礙？」我說完後費司特一頭霧水，阿貝魯則忽然間笑兩聲就停止了。

「阿貝魯，你的真正身分是阿爾薩斯嗎？」我轉頭問他。

「阿爾薩斯？我的真實身分是尤里烏斯公爵。」阿貝魯一臉正經回答。

「尤里烏斯公爵？」就在我思考到底是哪一位公爵時，費司特說：「我上次晚餐時冊封的啦！」說完後大笑了起來。

第十一節　決戰

費司特「哈哈哈哈」的笑著，忽然轉為「啊啊啊啊啊～」。本來我以為他笑到下巴脫臼了，但我好奇跟著他的視線一看，一道黑色的閃電如同空中移動的蛇一般，正從地平線那裡直撲我們而來。

黑色閃電掠過馬車上空，擊中馬車右方百步遠處並發出雷電的聲響，還讓馬匹稍微受到了驚嚇。落地的閃電像堆沙堡那樣堆出了馬斯多塔的型態，只不過少了應該穿的那些衣服。在天空尚有閃電迴音中，馬斯多塔就這麼走了過來。

這一幕讓我覺得有損莊園主人顏面而替馬斯多塔感到尷尬，沒想到費司特一臉驚喜地問馬斯多塔：「園主大人，這就是在冥龍王跟飛天魔女事件中提到的那個高等移動術嗎？」馬斯多塔則笑著用手指指著費司特說：「很好，記得沒有錯。」

費司特握拳振奮說著：「沒想到居然能親眼目睹這樣的魔法。」接著小聲並神祕說著：「聽說這個法術相當的耗費魔力。」接著馬斯多塔居然聽到了並且回答：「費司特說的沒錯，我在今天消耗大量魔力，你們可要好好警戒。」說完便跳上馬車了。想到馬斯多塔就算剩下一半力量，也不是我練了一輩子能匹敵，不禁苦笑。

「調頭到前方的莊園去！」馬斯多塔對阿貝魯下了指令，正當我覺得他的服裝及儀容不妥當時，阿貝魯和費司特已經各脫下了一件外衣交給馬斯多塔。馬斯多塔接過衣服時把一個圓形物品交給阿貝魯，我一看居然是女神之鏡。

「你去神廟偷這個鏡子？」我好奇問著。馬斯多塔把兩件上衣綁在腰上，看起來像裙子。他邊綁邊說：「重要的東西當然要帶在身邊啊。」我問他：「那側廳裡的那個假的？」馬斯多塔揮著手說：「也不能說是假的，它就是跟供奉在神殿裡的女神之鏡一樣的東西而已。」

「那……」我想到之前像傻瓜一樣亂竄，還差點沒命，難怪凱薩琳會說我是蠢蛋。馬斯多塔好奇看著我，但我已經無意再提這件事，於是我接著說：「馬斯多塔，你的衣服又被火球魔法給燒掉了嗎？」他則回答：「跟那個沒有關係。」馬斯多塔解釋：「這種移動的方式僅限於『自己』，所以衣服無法跟著移動。」

「你不是讀過那本〈巴隆納大陸人民與諸神信仰〉？」馬斯多塔說完後，不等我回答便繼續說著：「有關萬物女神——荷普君主，祂所指定的先知伯德納，他的行為祕密就在這裡了。」

我聽完後恍然大悟，記載中伯德納在傳道完畢後，通常會化為一道黑色閃電離開，以彰顯荷普女神的威光。我也曾經納悶著，他在世時為何不反過來，以閃電的方式現身？當然如今解謎後，我想到他降落在無人的地方，開始找衣服的模樣。當然，他也可能預先將衣服放在某處，然後移動到那裡。

我這麼想並無不敬的意思。事情經過了近五百年，如今荷普女神在南地也算是擁有廣大信眾的宗教。只不過在創教初期，伯德納先知在光鮮亮麗施展魔法的背後，原來也是有著窘困的一面。

至於女神之鏡的由來更是令我驚訝。本來我只是好奇不能夠帶著衣物移動的法術，為何能夠帶著鏡子同行而已。

馬斯多塔說其實手上這面鏡子不能稱得上是一面鏡子，而是包含他在內數十人的魔法結晶。他們運用光明與黑暗的力量，將即將甦醒的上古意識體封在兩片鏡子的夾縫中。

「所以上古意識體就在裡頭，而將鏡子分開就解除封印了？」我問。

馬斯多塔則告訴我：「正確來說是被封印在這個世界的每個角落，而鏡子夾層中有著能夠讓這個意識體回到世界的出入口。」他拍了我的肩膀說：「約翰，當初我們就沒有想要打開封印，所以連我也無法分開這面鏡子。」

「這是北地史上的那個封魔大戰？」我失聲喊出來後，發現費司特和阿貝魯並不驚訝，才知道原來他們心中早已對馬斯多塔的所有傳奇了然於胸了。

從馬斯多塔口中我才知道對方是一個叫做「龍牙武士」的組織。我把被俘的經過描述了一下，馬斯多塔聽完後沉默了一會兒說：「可能你已經轉動了歷史之輪。」

就在這個話題中我的視線又出現山謬老爹了。他看到先是說：「約翰先生你怎麼回來了？」後來看到馬斯多塔則說：「雷明頓先生你來了。」

馬斯多塔先要求給自己一套衣服並替隨從們加件衣服，之後他讓費斯特他們先回莊園去。馬斯多塔問抓到的人有說什麼嗎？山謬老爹則回答：「這傢伙只說他準備殉道了。」

就在馬斯多塔皺眉之際，我問山謬老爹：「雷明頓先生這麼偉大喔？」他則回答：「這我也不知道。會長只說雷明頓先生的命令就是他的命令。」老爹特別加註：「雷明頓先生每次的服裝都很奇怪。這次算正常的，上次他忽然從後面的樹林中出現，身上還穿了一件村婦的衣服。」

「原來馬斯多塔只有在自己的莊園才會肆無忌憚。」我自言自語的說。山謬老爹問我說了什麼，我回答他沒什麼。

在我們前往地下室的途中，這裡的僕役拿了幾件暗紅色的法袍來，馬斯多塔選了尺寸並很迅速的將它套上。我本來就很欣賞這件法袍，因此也厚著臉皮拿一件著套上了。

穿上法袍後，我們轉個彎便進了地下室。地下室裡被吊起來並遍體鱗傷的人，正是之前那個老祭司。馬斯多塔轉身跟山謬老爹說準備釋放俘虜並請他先回去，山謬老爹雖然驚訝但還是鞠躬後離開了。

在馬斯多塔幫老人鬆綁時，他張開眼睛張開說不會因為這樣的伎倆屈服。馬斯多塔則告訴他，不僅沒有任何套出口供的企圖，相反地要釋放他。

「為什麼？」老人不屑笑了一聲，但聲音略帶沙啞。

「因為神喻。」馬斯多塔回答。老人則冷淡說著：「是你的還是我的？」

馬斯多塔拉了一個桶子坐在老祭司旁邊，小聲說：「就是因為不知道，所以才來這裡。」老者聽完後眼睛瞪得跟金幣一樣大。

馬斯多塔繼續說：「本教團已經找到你們龍牙武士的巢穴，就在近日內要發動總攻擊了。我現在把女神之鏡給你，如果你們的神真的存在，那你們不只能夠得救，還能一償夙願；反之，你們就等著被消滅。」

馬斯多塔說完後，把女神之鏡遞給他，老者說：「你們會這麼好心？」當他接過鏡子後，顫抖說著：「這是真的女神之鏡。」他轉頭看著馬斯多塔，像在問為什麼。馬斯多塔告訴他：「這就是本教團的神喻！很快就知道誰是對錯了。」老人眼神閃爍著光芒說：「你們見到神蹟時再懺悔，神還是會原諒你。」

馬斯多塔沒有接話，只問他還能走路嗎？老人倔強站起來並說了聲：「當然！」然後馬斯多塔幫老者開門，他就搖搖擺擺地爬上樓梯。

老人出現在一樓大廳時，整個紅袍法師會的人臉上均十分訝異，隨後馬斯多塔吩咐給老人馬匹、乾糧和水時，大廳中議論紛紛，以致於山謬老爹除了依照馬斯多塔的要求放俘虜離開，還要大喊安靜。

看著老人騎馬走遠後，我靈光一閃大叫：「我知道了！」之後小聲問馬斯多塔：「這一招兵法裡頭有。我們釋放俘虜再跟蹤他，然後就可以找到對方根據地了。」馬斯多塔則告訴我不用那麼麻煩，我們只要吃飽睡好，養足精神再上路就可以了。

我們在紅袍法師會的紅寶石莊園接受招待了一晚，才慢吞吞地準備出發。如果硬要挑剔什麼，那就是凱薩琳從未露臉過。當莊園的人牽來兩匹馬時，我問馬斯多塔我們要去哪裡，馬斯多塔說根據監視的法師報告，老人騎馬奔往北方。

我催促趕快追上去，馬斯多塔則說這可能是欺敵之計，說我們慢慢來就可以了。

我問馬斯多塔為什麼要消滅龍牙武士，馬斯多塔說：「雖然他們的出發點是善意的，但我的看法和他們不同。」

馬斯多塔停了一會兒說：「這是一個悲劇。龍牙武士的創立，是用來保衛茱麗安教團。當茱麗安教團被消滅時，龍牙武士也失去了消息。」講到這裡，馬斯多塔轉了話題，他問我能接受真相嗎？我回答：「當然可以！」

「不要回答的那麼快，約翰。」馬斯多塔接著說：「人類大致上有兩種類型：領導人性格和被領導性格。」我插嘴說：「我一定是領導人性格。」馬斯多塔笑了一下，他說：「沒有哪邊比較好，只有哪邊適合自己。舉例來說，一個人就算擁有領導人性格並且擁有野心，但卻沒有能力、魅力與機會，這樣的人生會活得很痛苦。」

「那麼被領導人性格好一些嗎？」

「也不盡然。被領導人性格心靈必須有支撐對象，否則將徬徨失措。歷史上許多所謂的忠臣，在面對無能的君主時，只能一味指責身旁有奸臣蒙蔽，而不能看穿君王就是物以類聚的人。然而真的是無法看透嗎？當然不是。是他們不願意看透。」馬斯多塔說。

「為什麼不願意看透？」我問。馬斯多塔則回答：「這意味他必須承認自己效忠的對象是沒有價值笨蛋，相對也承認自己長久的追隨是愚蠢的行為。」馬斯多塔吸了一口氣，「大多數人是無法承認自己的行為是愚蠢的，更何況還要拿掉長久以來被自己視為信念的事情。所以哪種特性比較好，純粹因人而異。」

我聽完後笑著說：「這個你放心，雖然我是領導人性格但卻沒有能力，但也沒有什麼野心，這樣頂多成為一個孤僻的怪人而已。」馬斯多塔也很滿意地說聲：「很好！這樣的性格也許容易接受真相，但也容易感到孤獨。」說完他開始講著龍牙武士的事情始末。

馬斯多塔說當時北地諸小國林立，同為普隆達尼亞的附庸卻又彼此爭戰不停。在北地之中最大的泰卡王國任職的馬斯多塔兄弟，因為得罪權貴而逃到西邊一帶。

後來逐漸建立地盤的馬斯多塔兄弟，成立了第一個王國——魔空王國。馬斯多塔兄弟隨後每征服一個國家，便由一個兄弟擔任新國王，最後北地聯盟就這樣被建立起來了。

為了建立統治的正當性，他們找來法師和歷史學家，整理史料及鄉野傳說，並加上沉睡在北地的女戰神卡蓮娜故事，完成了有關茱麗安女神的經文和典故。

我曾經驚訝問著：「那麼茱莉安和茱莉安娜是不存在的？」馬斯多塔則說真的存在。

就在約馬斯多塔出生前的一百年，位於泰卡北方有一對孿生姊妹茱莉安和茱莉安娜。她們姊妹為了爭奪一名喚作卡普的男子的，在決鬥中互刺雙亡。她們死後卡普娶了別的女人，但就在一年後卡普忽然在家中暴斃，因此人們開始傳說莉安和茱莉安娜生前一定是十分厲害的魔女，因此附近的人建了座小祭壇開始祭祀。

話說回來，馬斯多塔兄弟為了向鄰近國家佈道並護衛佈道的傳教者，茱麗安教團和龍牙武士分別被成立了起來。隨著時間流逝，後來加入這兩個團體的成員，有著比之前的人更虔誠並堅定的信仰。

此時的北地已經逐漸整合並和普隆達尼亞展開了衝突。面對來自魔空王國與日俱增的威脅，普隆達尼亞祕密協助茱莉安教團復活沉睡在地下的女神，希望藉女神力量摧毀魔空王國及整個北地聯盟。

這行為差點讓魔空王國掀起內戰。馬斯多塔及多隆斯坦們反對任何古代力量復活，他們認為人類的世界要由人類來統治，女神只需要在天國接納亡者即可。

多隆斯坦的其中一人阿芙蒂娜，支持教團而反對馬斯多塔兄弟的作法。他們相信唯有女神降臨，世間才會有真正的公平與正義。

「那你反對公平正義嗎？」我納悶了起來。

「這種事還用說。一個人活著，當然是應該要追求公平正義。只不過是公平正義並不能由神明或旁人賜與。公義也好、自己的權益也好，都是要靠自己的力量去爭來。國王阻擋就推翻國王，領主反對就殺死領主。如果人人都勇敢爭取自己的權力與世間的公平正義，在這樣的對抗與拉距中，歷史將慢慢朝向新的制度中移動。」馬斯多塔嘆了一口氣說：「當然這需要數百年或更久的時間。雖然不能在人間建立天國，但將會非常靠近了。只不過我可能無法看到。」

馬斯多塔說魔空王國派出了所有多隆斯坦及大法師圍剿茱麗安教團，阿芙蒂娜則率領龍牙武士們保護教團。戰鬥結果教團被消滅了，可是在阿芙蒂娜捨身保護下，大部分的龍牙武士順利逃走。

在逃走的龍牙武士的努力下，沉睡在地下的女神終於復活。封住這個古代力量的事件死了許多人，還讓馬斯多塔差點喪命。這個經過大家可以從許多文獻中都找到，只不過是用邪神復活來掩飾真相，這裡我就不再浪費墨水了。

雖然後來北地又成立了新的教團──「光明茱麗安」，重訂教義並宣布原本的茱麗安教團是旁門左道。但在政教分離的政策下已經不復當時盛況。此外，當年資助女神復活的舊普隆達尼亞王朝，也因為被篡位而改朝換代，新王朝對北地聯盟改走和睦的路線，不再支持任何與茱麗安教團有關聯的組織。即便如此，在邦卡信仰舊式茱莉安教義的信徒，遠遠超過新式茱莉安教義以及其他神靈信仰，馬斯多塔認為其中多少是龍牙武士在暗中支持的結果。

「那你找到他們的根據地了？」我問。馬斯多塔則說就快了，他提議再聽個故事打發時間，但我當時沒有那個心情。

我們沉默一陣子後，身旁刮起一陣寒風，有一個錢幣大小的傢伙從風中轉出現身。雖然他有著類似人類的外觀，但卻又奇醜無比。這小東西用著蒼老的聲音說了幾句，便讓接下來的一陣風給吹到無影無蹤。

「那傢伙說了些什麼？」

「我們放走的老頭現在人在西邊的奧伯納鎮，而且繼續向西南方前進。」馬斯多塔說完後，拉了一下韁繩調頭向西。

我告訴馬斯多塔：「很方便的小東西嘛，這樣對方行蹤完全一覽無遺。」馬斯多塔則說：「方便？普通人用一次就沒命了。」我則笑著說：「你不是瞧不起召喚系的咒文，這不是矛盾嗎？」

「我可沒有用召喚魔法，這傢伙是梅迪卡爾的僕人。你知道僕人的僕人是什麼嗎？」馬斯多塔神祕的停了一下，然後露出牙齒說：「還是一個僕人。」他看我沒反應，說著：「奇怪了，你不想知道梅迪卡爾是誰嗎？」我告訴他：「不想！」

馬斯多塔問我為什麼，我提醒他：「既然對手是那個卡提娜女神，那我們更應該阻止她復活，怎麼還把女神之鏡給龍牙武士？況且一路上如此大意，還不知道阻止我們的敵人什麼時候出現。」

馬斯多聽完以後，一臉恍然大悟的表情說著：「原來你是擔心這個。那個老頭的據點被摧毀，在加上我們又慷慨的把女神之鏡給他，這樣的舉動讓一定令他們對喀斯金達加教團的實力堅信不移。再加上我們都放話要進攻龍牙武士總部了，對他們來說，最佳的策略就是召回全員防衛總部，並儘快復活女神，如果他們有辦法的話。」後來還追加了一句：「還有，不是卡提娜女神，是卡蓮娜女神。」

「所以你的意思是我們一路上都會非常平靜囉？」我問。他則點頭回答：「時間應該是從那老頭回到總部後開始。」

「可是消滅據點的是紅袍法師會啊，山謬老爹說他們全員出動而且卯足全力了。」我說完後馬斯多塔回答：「這一點對方並不知道，這是一種幻覺。」

「你是說幻術吧！」我說。

「不對，是幻覺。」馬斯多塔接著說：「由於每個人無法對一切的人、事、物都完全了解，對未知的部分僅能憑藉自己的經驗和想像補完。這樣的結果可能接近真實，也可能十分荒謬。這就是一種幻覺。」

「那我們要靠幻覺打敗那些傢伙？」我問，馬斯多塔則糾正說：「是要靠幻覺聚集這幫傢伙。」我提醒要注意對方可能設下陷阱，馬斯多塔則傲慢回答：「約翰，你知道超越在一切計謀之上的是什麼嗎？」我搖頭。馬斯多塔告訴我說：「超越在一切計謀之上的，就是命運的力量。」隨後又加了一句，「而我，就是他們的命運！」

看著馬斯多塔自信又帥氣的說出這樣的話，不禁讓我羨慕起來，也讓我學習魔法的熱忱，再一次被點燃。

「馬斯多塔，我想要學習新的魔法。」我說完後，馬斯多塔表示要傳授冰的魔法，還聲稱這是少數帶有物理殺傷的法術。當我說向山達克學習過後，馬斯多塔問我想學什麼。

「閃電！」我想到馬斯多塔還有小約翰使出這類型法術的樣子，才是我心中法師應有的姿態。

馬斯多塔則表示這是這是相當廣用而且危險的法術。微弱的電流可以用在醫療；稍強的電流則會讓心跳停止，適合從事暗殺；強大的電流則直接造成破壞。

馬斯多塔還強調，使用攻擊型電流還需要學會能量護盾的法術，否則可能誤觸自己發出的電流而喪命。

沒有任何基礎的我，本來就必須從最基本的電流開始。馬斯多塔仔細地傳授咒文及訣竅，幾天後我已經能在兩指之中產生電流了。

馬斯多塔要我試著用產生電流的手指碰觸自己。起先我有疑慮，但他再三保證安全後，我才緊閉雙眼的接觸另一隻手臂，得到了一種帶著輕微刺痛的快感。馬斯多塔說這法術如果拿捏得宜，可以舒緩一些受傷後帶來的長期性疼痛。他還再次提示書房中有各類進階的法術。

就在晚上我們正在一個樹林中烤火時，又刮起一道冷風，差點把火吹熄，也把上次那個被稱為僕人的小東西吹了過來。他用同樣蒼老的話講了幾句，也跟上次一樣又被另一陣風吹到失蹤。

「你的僕人這次說了什麼？」

馬斯多塔說：「龍牙武士的根據地在拉溫納鎮的北方森林。如同我們預測的那樣，他們的人正從四面八方趕回來復活女神並護衛總部。」

「那就要決戰了。」我有點興奮，在這之前我才剛背好能量盾的咒文。「不用太緊張。」馬斯多塔說：「現在最重要的是好好睡上一覺。」他說完後忽然間走到百步之外升起另一堆火。我問他是什麼用意時，馬斯多塔只說防止野獸。

天亮後馬斯多塔向另一座火堆走去，我這才住意到火堆旁有一個不自然的影像，雖然成功的融入周圍，但又有些許說不上來的不對勁。馬斯多塔走到影像旁邊說了聲：「一路上辛苦了。」

他說完後影像忽然間從地上拉長，接著如同掀開布幕那樣凱薩琳出現了。她穿著暗紅色的法師袍，有著說不出的好看。

一切就像剛打開禮物又馬上被收走那般，馬斯多塔對她說：「妳護送到這裡就好了，接下來的對手魔力之強大，絕非妳所能想像的。」

就在我心中咒罵馬斯多塔是戀情殺手時，凱薩琳說她倒要看看對手會不會比阿爾薩斯強大，更何況她奉命要保護我這個蠢貨。這令我差點跳了起來。比起能和凱薩琳一起旅行的喜悅，是蠢貨這件事簡直微不足道。

馬斯多塔把座騎讓給了她，他在和我共乘前，向我眨一隻眼說：「約翰，我替你留下她了。」我則回答：「這點我怎麼看不出來。」

我們朝拉溫納鎮騎了兩天的馬，路途中馬斯多塔總是講一些奇特的故事或笑話，惹得凱薩琳不是哈哈大笑就是張大著她的眼睛眨一眨。他也偷偷地叫我講一些故事，我問他要講什麼時，馬斯多塔則提示：「不要吹噓，多講一些自己的糗事。」我試著講在傑克五號面前唸咒的事情，果然逗笑了她。不過凱薩琳也說，我在出了莊園後的蠢事她大部分都知道。

我問凱薩琳樹林中那一招是種隱身咒文嗎？凱薩琳則嬌嗔地「哼！」而不回答。我問馬斯多塔，他說那是一種光的魔法，就像把鏡子貼在身上那樣。這法術要在眼花繚亂的環境跟極度單純的地方，隱藏效果最好。

我們到的時候已是下午了，龍牙武士所在的森林非常茂密，但森林的中間有一處石板鋪設的城市廣場般的平坦空地，而在空地中有塊方型巨石。不過我人在拉溫納的獨角獸旅店，並未在第一時間看到，這是馬斯多塔外出打探的結果。

馬斯多塔每天會出去兩次到三次，查看龍牙武士執行的「進度」。至於我，除了凱薩琳願意和我玩牌的短暫時間外，我都在練習那微弱的電流魔法和能量盾咒文。我那時心中有個期待，就是忽然間我開竅並魔力大增，在接下來的戰鬥中使出驚人魔法，從此被賦予大法師稱號並贏得世人尊敬。

然而凱薩琳的冷言冷語就像冰錐的魔法打碎了我的美夢，她說我指間的電流，她在十三歲就辦到了。

後來也沒有時間了。住在獨角獸旅店的第四天下午，馬斯多塔一回來就挑明地說：「就是今晚了。」

我們簡單的整理東西，離開旅店往北方的森林前去。在森林外圍馬斯多塔就放馬匹回去，之後徒步進入森林。

由於馬斯多培已經探勘多次，他直接帶我們到一處視野良好的小丘陵。從小丘陵往下望，可以看到石板地周邊擺滿大型火炬，有人忙著搬運東西、有人警戒、或是一小隊一小隊進進出出，看起來像小型祭典那樣熱鬧。

龍牙武士的人就這樣從太陽下山忙到月亮升起。我問馬斯多塔什麼時候行動，他只是要我們等等。

沒多久忽然安靜下來了，一個穿大祭司服的中年人捧著女神之鏡走了出來，後頭還跟了六名祭司。我仔細一看，我們放走的老人也在六人之中，顯然他在龍牙武士中地位崇高。

「要採取行動了嗎？」我邊問心跳邊加速。馬斯多塔則說：「主秀還沒登場，怎麼可以謝幕？」我看著凱薩琳的眼神閃耀著光芒，這才發現她的好奇心與冒險性格遠在我之上。

沒多久從兩側各有幾個人分別滾著一個大金屬盤，朝空地中央的巨石前進。馬斯多塔笑著說：「原來是用真實之眼和全知之眼，不過我還真的不知道怎麼用。」

當我要提問時，凱薩琳已經先開口了：「那兩面叫真實之眼和全知之眼的鏡子，是專門替人提供解答的？」馬斯多塔回答：「很可能是這樣吧，因為我只看過全知之眼。」他指著其中一面背後有著花草紋的大銅鏡說：「有一次我要殺了某個傢伙，他希望用全知之眼交換我饒他一命。」

「那後來呢？」凱薩琳眨著大眼睛問。

「後來？後來我告訴他我已經是全知的人，不需要那種東西。我還嘲笑全知之眼連我要出現都不能預測，根本沒有作用。接著我幫他完成了未了的心願，他現在已經在天上與諸神同列了。」馬斯多塔語畢露齒微笑。凱薩琳則是「噗哧！」一聲笑出來，我不知道她是在因為馬斯多塔用詞好笑，還是認為他吹牛吹得太誇張了。

「那、那些人如何從你手中拿到全知之眼？」我問。馬斯多塔則聳聳肩說：「我沒有帶走那個東西。很多年後我了解那傢伙沒有騙我時，鏡子早就不見蹤影了。」

馬斯多塔說後來據他所知，真實之眼和全知之眼是一個不知名的人，送給北地某個小國國王的禮物。國王想用這個禮物統一整個巴隆納大陸。鏡子雖然提供所有知識上的解答和事物原本真實的面貌，但使用者第二天將喪命。自認聰明的國王請來宮廷的法師一探對手的一切虛實，果然首戰就大捷。後來國王請了第二位法師使用真實之眼和全知之眼，準備趁勝追擊一舉滅了敵國時，卻在戰鬥時中敵人埋伏而死。

「所以鏡子失靈了？」我問。馬斯多塔則說：「有這個可能。」但又接著說：「也可能是第二個法師發現了真相，故意用假情報報復國王的。總而言之，後來那個小國被滅了，真實之眼和全知之眼也輾轉流到各地。」

正當我準備問下去時，馬斯多塔則伸手指著空地中央，我一看為首的大祭司將女神之鏡站立在巨石之上，巨石兩側分別豎著真實之眼和全知之眼。在真實之眼和全知之眼的互相反射中，女神之鏡在兩面鏡子中映出了無限延伸的影像，接著女神之鏡快速旋轉了起來。

馬斯多塔看著這一幕說著：「雖然我也想找出真實之眼和全知之眼的主人，並且挑戰他，但眼前有趣的程度超過了一切。」我覺得馬斯多塔這樣講似乎有某種文法上的矛盾，但我說不上來。

轉眼間女神之鏡越來越薄，接著消失在最後一次旋轉中。取而代之的是一個小黑點，很快的小黑點便擴大到原有女神之鏡的大小，接下噴出了白色的煙霧。

我和凱薩琳緊張的看著馬斯多塔，他卻凝視著白霧面帶笑容說著：「終於出現了。」他轉頭看我們接著說：「這曾經是我最大的夢魘，壓倒性的力量讓我一度想要逃離，卻又無處可逃。如今我變得更強大，而且回來面對它了。不論成功或失敗，我都已經戰勝自己了。」

「成功或失敗？」我嚇了一跳。馬斯多塔則說：「成功的話世界依舊不變；如果我輸了，世界可能變糟糕，但也可能變得更好。」

「你這樣太不負責任了。」我小聲抗議。沒想到凱薩琳居然說：「如果世界因為他被打敗而毀滅，那就是整個世界都沒有人才了，這樣我們活該倒楣也是應得的。諺語不是說：不會因為少了一個釀酒匠，從此沒有好酒喝。」馬斯多塔則笑著說：「我欣賞妳的風格，換成在平常時，我一定會好好帶妳參觀我那些收藏品，然後讓妳挑一件帶回家作紀念。」

「那真的謝謝妳囉。」凱薩琳扮個鬼臉。

「這個給妳，戴上！」馬斯多塔脫下食指上的鐵環，彈向就在旁邊的凱薩琳。她用雙手接住後，戴上這個跟手指節一樣寬的戒指，並看著馬斯多塔等著他解答。馬斯多塔告訴她這個鐵環叫做「巴隆的指令」，帶著它不僅能進出幽界，而且所有來自幽界的意識體均不會傷害持有人，更重要的是「阿爾薩斯肯定會非常羨慕」。

馬斯多塔說完後，凱薩琳說她不能要這麼貴重的東西，但拔不下來。馬斯多塔自顧自地說：「不需要擔心，我不用戒指也能做出相同的事情。妳只要用手指著前方並魔法語說『以巴隆之名開門』或『以巴隆之名關門』，自然就可以進出幽界了。緊急避難也好、或是要探索別人無法到達的地方，或許妳還能想到別的。」

忽然間馬斯多塔雙手一攤，我和凱薩琳立刻被球形的物理盾和能量盾罩住。凱薩琳驚嘆怎麼辦到的，我則告訴她這是咒印派的施法方式。

「這樣子我們怎麼施法術？」凱薩琳抗議著，「對啊，那我要做什麼？」我接著凱薩琳的話。

「決鬥不是要有見證人嗎？你們就是我請來的見證人。」馬斯多塔又嘻皮笑臉接著講：「話說回來，萬一我輸了造成了無可挽回的局面，好歹也有人知道誰是罪魁禍首。」馬斯多塔向我預告：「我要先宰了那個放走的老人，增加恐怖氣氛。」又將手放在胸前行禮著對凱薩琳說：「在此為女士獻藝了。」接著他前進了幾步，對著斜坡下面大喊著：「雜碎們，喀斯金達加教團向你們問好！」

本來全神貫注看著不停噴出白霧的眾人，瞬間將焦距對到我們身上。此時空地中央忽然大聲傳出：「紅色法袍！是喀斯金達加教團！」

凱薩琳看了我一眼，說著：「我什麼時候成了你們教團的人？」我則苦笑著：「我也跟那個教團沒有瓜葛。」

沒多久對方察覺我們只有三個人，開始出現了嘲諷的聲音，「你們教團全部得道升天了嗎？」、「他們是率先來棄暗投明的！」、「你們是來拜謁女神的嗎？」諸如此類。

馬斯多塔則大聲回覆：「我們三人是喀斯金達加教團中先鋒隊裡的斥候。我們發現你們這些雜碎不過六、七百人而已，所以臨時決定不用回報，直接由我們來處理就夠了！」

馬斯多塔說完後底下罵聲不絕於耳，他則笑著對我們說：「沒想到他們如此易怒，難成大器！」

他說完後化為無數殘像朝向放走的老祭司移去，瞬息即到達了他身旁。馬斯多塔以徒手貫穿老者身體，讓他比其他人更早見到女神。

整個龍牙武士騷動了起來，電流聲、火焰聲及物體撞擊聲不絕於耳。馬斯多塔似乎有意在見證人面前保持形象，罕見地張開了圓形魔法盾。

凱薩琳問我怎麼辦？我則叫她跟著我做。我把雙手放在背後向人潮走去，還大聲嚷嚷：「你們不值得我約翰大爺出手，一個人就足夠應付你們了。」

我看了凱薩琳一眼，她則回了一個白眼。驀地，一個清脆的撞擊聲讓我嚇了一跳，原來能量盾被火球打中。我嘻皮笑臉看著凱薩琳，她則對我發出唇語：「白痴。」

雖然開始有些法師對我攻擊，但我就像在王城逛街時那樣悠閒，讓許多對手不知所措。比較特別的是馬斯多塔忽然雙手畫圓發出巨大聲響，龍牙武士中有人喊著：「大雷神龍砲咒文！」馬斯多塔則得意笑著。

馬斯多塔雙手向前一推，畫出的圓形光環中有四道閃電激射而出，造成巨大音響。本來我以為那名手執戰戟的人要送命了，沒想到一個年輕法師張開弧形能量盾擋在前面。

「當心！對方也是大法師！」旁邊的一名法師提醒。另一個法師則對馬斯多塔喊著：「不要小看我們！」

馬斯多塔則露出惡作劇的微笑。他手畫個半圓，巨大的電流匯集並濃縮成手指般粗的紫色強光，貫穿了能量盾及後方所有人。這位年紀輕輕卻蘊含無限潛能的大法師，帶著一種不可置信的表情就這麼死去。

馬斯多塔轉頭對我說：「如果我在五十歲前遇到他，肯定沒命了。」接著他深呼吸一口道：「只能說這傢伙在成名前就遇到我，算他倒楣。」

不過他看到凱薩琳後，用魔法語跟她說了一些話，凱薩琳似笑非笑的樣子。可惜我聽不懂，所以就不贅述了。

在和凱薩琳講話之前，原本對方攻勢猛烈。但馬斯多塔用手一揮，前方五個人瞬間自燃並燒到乾乾淨淨，正是咒殺的魔法。在這之後馬斯多塔似乎準備結束戰鬥了，因為我看著噴出的霧氣已經隱約凝聚成人的外型。

馬斯多塔大吼一聲，附近的一群人數十人如同紙張燃燒起來，化為紅色閃亮的光點，最後如灰飛終至湮滅。

「是多隆斯坦！」對方大喊著。凱薩琳則張大眼睛說：「炎殺龍咆嘯！？這是喀斯金達加的邪術，你們真的是教團的人？」

「當然不是！這個只是一種很像的法術：女神的火焰。有空再解釋。」這句話是我當時唯一能想到的硬坳詞句了。剛好這時候有東西收引了凱薩琳的注意力，那就是近百個像池中漣漪不斷張開中的水幕，跟雷吉達現身時一樣。

從水幕之中出來的大多是火元素，那也是我首次見到她們。就像著火的女人那樣優雅，只不過膝蓋以下融而為一。火元素並不向人類那樣行走，而是用移動的，過程有種特殊的美感。還有少數石元素，如同大石頭砌成女性造型，雖然如同雕像那樣美，但沒有火元素那樣閃耀美艷。

對方的法師們七嘴八舌下了指令，我想即便是一個聾子，也能從動作中猜出所下的命令：殺了他們！我預測接下來火球或石塊將會如同下雨那樣密集又大量出現，但是我的猜測又再次失靈。

火元素們像在跳舞那樣子旋轉了一圈後，向我們的方向鞠躬行禮；而石元素雖然沒有火元素動作花俏，但將鞠躬方式亦如同貴婦那麼優雅。

龍牙武士的法師們全都看呆了，他們將目光投在馬斯多塔的身上，企圖為眼前的困惑尋求解答。

「提多因卡羅。」凱薩琳的嘴唇中慢慢念出這幾個字。我問凱薩琳：「妳說的話是什麼意思？」她則看著火元素們回答：「幽界至高者。」

馬斯多塔半舉著手答禮後，大聲下了一個我聽不懂的命令，但我猜測應該是「殺了他們！」之類的話。接下來的事情用想的也知道：遍地呼喊聲。

我只能說火元素是令我驚豔的意識體，她們即不唸咒也不使用咒印，單憑迴轉身體便將火球丟了出去，簡直讓魔法成為藝術，也讓整個戰場看起來就像法師們和火元素共舞的場所。馬斯多塔帶著我和驚魂未定的凱薩琳漫步在其中。馬斯多塔指著躺在地上的龍牙武士成員向我說：「約翰，你看這些傢伙死的真美！」

一旁有位持劍的法師聽到這樣冷酷對話，大叫一聲後唸起咒文來。沒多久一個比召喚雷吉達時大上一倍的水幕急速張開，出現了比雷吉達大一號，身上有帶著熔岩黑紅兩色的傢伙——古多雷吉達。

古多雷吉達大吼一聲，使我差點跌倒。「惡魔！同歸於盡吧！」持劍法師站在古多雷吉達前大笑著對馬斯多塔說。

然而古多雷吉達舉起雙手要開始無差別攻擊前，看到了馬斯多塔，牠立刻將右手握拳向左胸拍去，並低下頭來。

馬斯多塔用手指了面前持劍法師並下了命令，持劍法師則瞪著雙眼不可置信看著馬斯多塔。就在此刻一隻巨大獸足立刻從天而降，法師也從我的視線內消失了。

古多雷吉達加入戰局後，火元素們看起來像牠的伴舞。不過這場死亡之舞開始沒多久，便已經宣告結束。馬斯多塔說了幾句後，古多雷吉達推了一個水幕門，接下來二名石元素分別拿起真實之眼和全知之眼，之後他們接著魚貫離去，就只剩我們三個人了。我抬頭看，白霧形成的女性樣貌也越來越明顯。

馬斯多塔用左手比了咒印，罩住我和凱薩琳的物理盾與能量盾便消失。他告訴我和凱薩琳：「接下來我要盡全力而戰，沒辦法再保護你們了。」

就在我準備抗議時，馬斯多塔彷彿右方有人那樣喊聲：「迪德拉！」立即憑空出現一團人頭大小的鐵灰色翻滾濃霧。

馬斯多塔叫我向前，向著濃霧介紹我這個人：「羅塔斯多多諾。」又向我介紹這團濃霧是：「領主迪德拉。」濃霧則瞬間轉為黃色，又變成綠色，直到它含糊不清說了句魔法語才回歸原樣。

「迪德拉領主在向你致意。」馬斯多塔說完後，我尷尬向他行禮並說：「久仰大名了。」馬斯多塔則在大笑後，替我翻譯了。濃霧又短暫變成黃色，可能代表高興吧。

馬斯多塔說迪德拉是幽界裡，統轄中立與混沌領域的主人，能夠暫時將我們的身體帶離世界，僅留下視覺與聽覺。正當我還有疑問時，迪德拉迅速膨脹，吞沒了我和凱薩琳。

我只能說這是一種奇妙的經驗：我看不見自己卻又看得見；無法觸碰或感覺到耳朵但又能聽見。我後來還發現在這森林附近我能隨心所欲的看見與聽見，除了看到凱薩琳外。至於見證馬斯多塔戰鬥則沒有問題，我甚至還看到他和我揮揮手。

不久後馬斯多塔就沒有時間理會我了。馬斯多塔露出奇怪的笑容，全身顫抖著一直重複說著：「來了！來了！」

忽然他攤平雙手仰天大喊：「馬爾斯！」我才注意到卡蓮娜女神已經回到這世界了。祂白色的形體如同用白雲塑成的雕像，巨大到連古多雷吉達的尺寸都猶如孩童。

馬斯多塔大喝一聲，龍咆嘯凝成一個氣彈飛了出去，但氣彈前頭有弧形氣牆。氣彈穿過氣牆瞬間產生巨響，之後以更快的速度朝卡蓮娜女神飛去。

氣彈穿過卡蓮娜瞬間，祂就煙消雲散了。我還在想應該不會就這樣結束之時，消散的雲霧又重新在原地聚集。

卡蓮娜女神的聲音低沉又富磁性，開口便在寰宇間形成迴響。「多隆斯坦？」卡蓮娜不疾不徐問著馬斯多塔。

「馬斯多塔！」他則高舉起雙手大喊。

這種回答似乎含有挑釁意味而惹惱了卡蓮娜。祂舉手朝馬斯多塔指去，馬斯多塔的頭顱像破了洞的南瓜燈籠那樣從額頭射出兩道白光，並後退了兩步。

「破魔！」我心中驚呼自己怎麼忘記這個展現自己強大的法術。但馬斯多塔身上漏出來的光，往下蔓延到胸口中後便嘎然而止，並未持續下去讓他被光所吞沒。

馬斯多塔開始大笑並對卡蓮娜說了幾句話，他左手一揮卡蓮娜的全身立刻燃燒起來，但火勢在卡蓮娜舉起手掌之時立即熄滅。雙方都是第一次抵擋對方絕對毀滅性法術的第一個人。

馬斯多塔的無禮可能激怒了卡蓮娜女神，破魔及咒殺自古以來是絕對的強者拿來對付不堪一擊的對手時，展示力量的魔法。卡蓮娜講了幾個字後，一個如同房子般大的火球朝他飛了過去，馬斯多塔雖然成功躲過火球，但接二連三的火球緊追在後，最後數十顆火球齊降，馬斯多塔則張開冰牆罩住自己。

數量旁大的火球不僅將森林一角化為火海，還揚起大量的灰塵及霧氣，使人難以判斷戰況。然而煙塵中一道巨大閃電噴向卡蓮娜，女神用右手接住後傳導致左手，再將閃電回傳給馬斯多塔。

馬斯多塔也用左手接住電流並傳到右手，再以更強的閃電擲向卡蓮娜。雙方往來的電流越來越強，最後轟然一聲巨響卡蓮娜後退了好幾步，馬斯多塔則被彈飛到半里之遠的空中。

後退的女神攤開雙手，立刻從前方產生紅色十字形光波朝馬斯多塔劈去。在半空中的馬斯多塔舉起單手後，周圍開始形成龍捲風。龍捲風形成後立刻燃燒起來成了火龍捲，抵銷了卡蓮娜的攻擊並向四周擴大。卡蓮娜則跺了一腳，地面瞬間裂開噴出驚人的水牆熄滅火龍捲。卡蓮娜順勢利用蒸發的大量水蒸氣，凝聚了無數的冰錐如下雨般飛向馬斯多塔，馬斯多塔則畫出大型冰盾吸納所有冰錐。轉眼間冰盾已經成了一枝和女神一樣巨大的冰錐，馬斯多塔將它射向了卡蓮娜。

卡蓮娜雙手各自聚集大型氣彈，將兩個氣彈合而為一，從氣彈中心閃出無法直視的強光及烈焰。在眼睛能稍微看的見時，我看到了馬斯多塔也朝卡蓮娜射出兩個氣彈，再次產生那種不可直視的光芒與火焰。儘管這樣的毀滅攻擊雙方都幾乎毫髮無傷，但整個森林早已經被滿目瘡痍而成了一片焦土。

卡蓮娜這時忽然從空中一抓，立刻手上有把黑色光影的戰矛；馬斯多塔則結了一個咒印，頭上不遠處便張開了水幕。本來我好奇會召喚什麼樣的幽界意識體，結果馬斯多塔把手伸進水幕中，拔出一柄燃燒的長劍。

馬斯多塔將劍指向卡蓮娜，邊張開嘴把吐出比夜色還黑的閃電，一邊朝向卡蓮娜飛去；卡蓮娜則舉起戰矛並吐出白色閃光衝向馬斯多塔。他們接觸時再次產生強光，只能在一片白色強光中，依稀看到他們晃動的影像。

由於長時間的強光讓我的眼睛即不舒服，我只好閉上雙眼。不知多久我感覺到強光消失了，張開雙眼後我就看到凱薩琳美麗的臉龐，我心裡想這一定是吉兆。

凱薩琳用眼神叫我注意右上方處，我轉頭便看到馬斯多塔穿著紅色法袍，手執火焰之劍從天上緩緩而降，正是我心目中一名強大法師應有的姿態。

馬斯多塔降落在迪德拉領主的旁邊，正當我要走過去時他伸手制止了。我後來便明白，因為雖然是冬天，但此時一股熱浪向我襲來，再靠近幾步可能就灼傷了。馬斯多塔對著迪德拉說了句話，迪德拉領主的煙霧立刻包圍著火焰之劍，頃刻間劍便消失了。

「贏了嗎？」我問。

「那當然囉。為了勝過對方，我跟卡蓮娜可都是卯足了全力，甚至突破了保有自我的界線。」馬斯多塔笑著說。

「聽不懂。什麼意思？」凱薩琳問著，但我知道了。馬斯多塔說過「神」的型態就是在取得宇宙的力量與保有自我意識的臨界點。超出這個臨界點，你就是宇宙，但宇宙不是你了。想到這點忽然間我眼睛腫脹了一下，兩道熱液通過了臉頰。

「你幹嘛哭啊。」凱薩琳皺著眉頭。我告訴她馬斯多塔要離開人間了。

「真的？可是不是贏了嗎？」凱薩琳似乎很驚訝。馬斯多塔則說：「贏了卡蓮娜，只是證明在我人世的時候，技高她一籌。之後我們將以另一種狀態存在，化為宇宙的一部分，既不存在，也無所不在了。」

「那你為何要把卡蓮娜呼叫出來決戰？」我顫抖說著。馬斯多塔則說：「這是我答應馬爾斯她的事情：我將隨心所欲，不後悔地過完一生。」

馬斯多塔看著哽咽的我說著：「約翰！人終將分別，唯有心才是伴你永恆。」

他接著說：「快樂一點！我跳那個我最近發明的舞步給你看。」

馬斯多塔開始扭腰擺臀，邊唱邊跳著奇怪的舞蹈。在這之中，他逐漸地向褪色的衣服那樣顏色變淡。忽然間他好像看到什麼，因而停止嘻鬧恢復正常表情。他對著左邊無人處鞠躬並伸出手來，似乎是在邀請某人跳舞那樣。他看起來專注又開心地跳著宮廷的舞蹈，然後消失在迴轉的舞步中。

我彎腰撿起馬斯多塔的紅袍，忽然間迪德拉領主說了一些話。我愣了一下，告訴他我聽不懂魔法語。

「他說他的君主因為不再受人類身體的束縛，變得更加強大了。」凱薩琳還沒說完，迪德拉領主再次出了一些聲音。

「等等，請多告訴我一些。」我希望從迪德拉領主那邊多了解一些，但顯然這段話沒有來得及翻譯。

「快回禮啊！」凱薩琳催促著，並叫我跟她唸一遍就對了，我則堅持要知道內容。

「迪德拉領主要回去了，他說願你這個蠢蛋領主威光永遠不墜。這樣你滿意了吧。」凱薩琳不高興地說著。我按照凱薩琳的話說了一遍，迪德拉領主立刻縮小到消失不見。

凱薩琳無視於一片焦土和我的淚流滿面，她側著頭問：「雷明頓先生到底是誰啊？」我則擺出最拽的姿勢回答她：「馬斯多塔，如神般的人！」

凱薩琳則大聲說：「不要得意忘形了！哭喪的臉還擺那種醜姿勢，難看死了！」

第十二節　後記

或許各位讀到這裡時，內心會咒罵著：沒想到聞名北地的約翰大師，竟然為了宣揚喀斯金達加教團，馬上寫出這樣一本書來詆毀傳統茱莉安女神的信仰。關於這一點我並不否認，但或許很多人不相信，至今我還是茱莉安女神的虔誠信眾。你們盡可在書本中，將敏感的字眼置換成其他名字，我完全贊同。如果我們獲得共識了，那我將繼續下去把故事講完。

我和凱薩琳回到莊園後，強尼總管已經在門口等我了。當然，你也可以稱他為阿爾薩斯。強尼總管穿著一襲暗紅法袍，只不過背後是圖案銀杏樹而不是銀杏葉子。強尼總管說他當年因為敗給了馬斯多塔，因此需要當他的僕役五十年或是至馬斯多塔死亡為止。但強尼總管。不，應該是阿爾薩斯說，雖然他要回去紅寶石莊園了，但是保護我的命令將永久有效。

阿爾薩斯離開時，曾經小聲地跟我說，關於凱薩琳繼續負責我的安全一事他將持續下去，但幫助我擄獲凱薩琳芳心的事情，就不在紅袍法師會的工作範圍了。臨行前他鞠躬說著：「紅袍法師會將永遠聽候約翰先生的差遣。」

至於阿爾薩斯如何敗給馬斯多塔的來龍去脈，基於他是我最崇拜的法師之一，而且還是凱薩琳的父親，恕我不在此透露了。

當然，如果我想見凱薩琳時，我通常會去紅寶石莊園找她，然後大聲嚷嚷準備要去哪個危險的龍潭虎穴探險，這是時就會看到凱薩琳氣急敗壞的出現。載我去紅寶石莊園的阿貝魯有一次跟我說：「約翰先生，如果挨揍是你想要的，我們就可以代勞了，何必跑來這裡？」我有時候搞不懂，阿貝魯是真的傻瓜還是假的。

至於馬斯多塔的消息我後來告訴了奧特老哥，奧特老哥說沒想到一把年紀了才要承受喪父之痛。馬斯多塔對奧特老哥就如同第二個父親那樣，為了安慰奧特老哥，我在金牛山住了一個月才回到了莊園。至於小約翰後來在黑木之門任職宮廷法師了，這是馬斯多塔在黑木之門期間，以我的名義向國王推薦。

辭別奧特老哥的前一晚，我忽然間想到剛遇到馬斯多塔那時候的金幣。我拿出一枚給奧特老哥當作紀念。

奧特老哥翻轉金幣檢視，他告訴我這是東方姆瑞爾大陸歷史上，一個叫做無畏王朝的金幣。這種金幣相當稀有，因為無畏王朝只存在七年，而這種金幣剛好是第七年才開始鑄造。

無畏王朝的創立者是一個叫普羅的農夫，由於臨戰指揮時最常說的就是：「跟我來！」因此部下們都呼喊他為「無畏者」。沒有姓氏的普羅，後來也用無畏者為姓氏。

事情起源於一位領主企圖將一群無力繳納租稅的農民吊在廣場活活曬死，路過的普羅因為看不慣，便上前鬆綁這些人。當領主要逮捕他時，拒捕的普羅在戰鬥中格殺了數名士兵，接下來圍觀的憤怒的群眾也開始攻擊軍隊，隨後更攻下了領主的宅邸。

雪球越滾越大，後來他消滅了許多領主而與國王對決。接下來發生的事情，即便不了解遙遠東方歷史的人，也能在兵法書上找到這項事蹟：那就是「奇襲托瓦哈要塞」與「莫克河伏擊戰」這兩個案例。然而普羅也並非總是使用這樣的戰術，許多曾經和普羅正面交鋒的將領，宣稱他們敗在一種前所未見的「怒潮之陣」。

「怒潮之陣」曾經是兵法史上之謎，但近代的兵學家大多認為不存在此陣形，而是普羅以驚人的臨場指揮力，讓對手無法承受一波又一波的攻擊。當然，說自己敗在一個無敵陣形之下，能替失敗者掩飾無能。

後來普羅就這麼一路打敗了國王與國王請來的援軍，建立新王國。但事情並未結束，接著他連續滅了幾個鄰國，未曾失敗的他，最後和素有姆瑞爾軍神的隆泰爾國王阿德里安在坦波夫對上了。

戰役中普羅不只處於二十萬人對上三十萬人的劣勢，還中了阿德里安國王的計謀，讓前鋒的五萬人被截成三段。任何稍有經驗的將領看到這局面，便知道前鋒軍將會全滅。面對不利的局面，所有的部下都勸他放棄前鋒迅速撤退。

然而前鋒軍隊齊鳴號角向普羅求救，普羅不忍心拋下他們，親自率領十名穿著異國蒙面重盔甲的騎士衝向敵陣。他不只成功救回了一部分的軍隊，還在衝鋒中殺死了敵方多名將領與隨軍大法師。普羅帶領被圍困的軍隊回來後，又立即衝向敵陣解救下一批部屬。當他第二次引領部下脫困時，全軍受到激勵的歡呼聲響徹雲霄，所有將士皆願意跟著他解救最後一批戰友。結局不只解救了所有被困的前鋒軍隊，還造成隆泰爾軍隊的崩潰，連阿德里安國王也死在亂軍之中，這段戰役後來被稱為「坦波夫奇蹟」。

幾年後無畏王朝擴張的速度慢了下來，由於王國幾乎囊括了半個姆瑞爾大陸，普羅國王花了很多時間在排解部下裡頭的種族、宗教還有派系糾紛。雖然普羅常勸他們要和平相處，但紛爭依舊存在。然而就在普羅即將晉位為無畏帝國的首任皇帝時，他忽然消失了。

普羅消失的事件一直是個謎，他的部屬們紛紛互相指責對方暗殺了皇帝，而自己才是合法繼承者，因此陷入了大混戰，史稱「黑暗十年」。黑暗十年後原來的帝國分裂成十九個王國，即是今日西姆瑞爾大陸諸國。

奧特老哥將無畏王朝的歷史說到這裡，正當我要開口時，他以手勢制止了我。奧特老哥笑著說：「老弟，我們想的是同一件事嗎？」隨後我們兩個一起大笑，讓旁邊的人一頭霧水。我這才發覺對我來說，或許馬斯多塔的故事不僅還未結束，而且才正要開始。

至於狼組的吉諾，後來我就再也沒見過他了。但我們一直有保持書信往來，吉諾稱我為「生死的兄弟」，並認定那是他一生中最刺激的任務。

他寫的信都很長，簡直可以說是一本小冊子了。通常內容的是任務有關的所有行動過程，但他不會言明人物名稱與地名。儘管如此，由於吉諾的文筆非常好，讓人有身歷其境之感，閱讀過程中彷彿自己化身為黑暗中行走的刺客那般。我常在想，吉諾當上了刺客，何嘗不是文壇的損失。

後來我從吉諾的故事得到靈感，用神祕客的筆名寫了一本叫〈刺客法師〉的小說，沒想到大受歡迎。至於吉諾則非常嚮往我信中描述的莊園生活，還說退休後也要買座農場。只可惜兩年後我接到一張沒有署名的便籤，簡短寫著：「非常遺憾，閣下的友人已經離開人世了。」我派費司特和山達克去發信處查看，該地方早已經人去樓空。我一直希望不是當年的腳傷，導致他任務失敗而死亡。

在馬斯多塔離開的一年後，奧特老哥寄來了泰卡王儲的婚禮請柬。由於送信的人迷路而耽誤了時間，因此收到信後我不得不匆忙出發。然而到了泰卡王宮門口，我才發現忘記攜帶請柬。我因此被擋在門口，衛兵不肯替我向奧特老哥通報，還說要驅趕我。剛好這時克莉絲汀和來自巨錘森林的代表隊伍經過。克莉絲汀喊著：「這不是我忠實的僕人嗎？」隨即派人叫我過去。但衛兵依然頑固阻擋，因為我沒有請柬也不是貴族。

克莉絲汀非常不高興，隨即對她的隨從說：「我認定這個人有半獸人血統，有人有異議嗎？」她會這樣說是因為巨錘森林的規定，非本國人不能受封為貴族，除非這個人有半獸人血統。

克莉絲汀身後隊伍裡的人類都面有難色，但所有半獸人則面無表情。後來一名穿著鑲藍寶石法袍的半獸人法師開口了，「克莉絲汀殿下錯了！」這讓旁邊的人和我一陣錯愕。他接著不疾不徐說：「這個人豈止有半獸人血統，他根本就是一個正統的半獸人。」克莉絲汀在大笑後叫我下跪，當場冊封我為騎士。

後來克莉絲汀伸出右手說：「我的約翰，過來引領你的殿下進場。」我舉著左手讓克莉絲汀攙扶著，與克莉絲汀並肩進入王宮。那一小段路對我來說，就已經是一種永恆。

晚宴時父親告訴我，典禮中我在克莉絲汀殿下旁邊的猥瑣樣子，活像一個靠逢迎拍馬而得勢的小人，還勸我要注意斯萬家族的高貴傳統。我聽完後大笑不止，父親則搖頭說了「敗壞門風」後離開。

在我離開會場時，走廊遠處有女人叫住了我。「過來！安迪亞的僕人。」我一看，走廊的另一端站著安娜絲塔西雅。她問我馬斯多塔真的不在了嗎？我告訴她我是馬斯多塔最後戰役的見證者，安娜絲塔西雅的眼淚如同珍珠那樣一直落下。

就在我不知道該如何安慰她時，我忽然想到脖子上的項鍊。安娜絲塔西雅問我這是什麼東西時，我則說是那天她忽然看到我狼狽模樣的「馬斯多塔召喚咒」。我向她解釋著皮革上古怪的邦卡文字唸出來將是魔法語言，她收下後破涕為笑。她最後親吻了我的額頭幽幽地說：「安迪亞的僕人，願你一生平安。」便消失在走廊的盡頭了。

我後來聽說安娜絲塔西雅在那一晚之後便失蹤了。得知消息是一年後，我到巨錘森林參加女王登基典禮之時。由於我不缺金錢，所以巨錘森林的俸祿我全部以克莉絲汀的名義來幫助百姓。雖然克莉絲汀冊封我為騎士時國內仍有一些雜音，但我後來又幸運地完成幾件克莉絲汀女王交辦的差事，晉升男爵時已經無人反對了。此外，那位宣稱我為半獸人的半獸人法師，其實就是聞名於巨錘森林的梅哈武武爾大師。我們成了非常好的朋友，每年我有一個月到巨錘森林替女王效命時，他大老遠看到我就喊：「半獸人兄弟！」

有時候一個稱號容易為你帶來另一個稱號，當然麻煩的事也是這樣來的。一般人皆認定我是奧特大師的老弟、紅袍法師會的幕後指使者、喀斯金達加教團主教、黑木之門國王指定的傳統友人、巨錘森林的特哈哈肯瓦男爵。另外，由於我及莊園的人經常拿著諾曼里亞領主簽發的調解人證明，享受快速通關及部分費用豁免，在邦卡東方部分關卡的衛兵心中，認定我是一名忙碌的貴族紛爭調解人。

但我要強調的是，寫這本書的原因是要告訴大家，關於我的一切完全出自於幸運，與目前外頭傳說的事蹟是兩回事。或許你們還會說，那眾所皆知的約翰大師降伏魔龍，以及我住的地方被稱為邦卡三大法師公會總部，這樣如何解釋？首先我要聲明我並未降伏過什麼惡龍，那是因為那隻龍是被一個強者收拾掉了；至於莊園變成魔法公會總部之事，相信你們可以發現是一種誤解。還有喀斯金達加教團主教的事情，連教團的總宣教師山達克都否認了，你們如果還不相信，我也沒辦法了。雖然我無法否認山達克的另一個頭銜，的確是本莊園的一名守衛。

總而言之，我承認是一名無用的法師，所以拜師學藝或魔法挑戰，我一概不接受。但如果你願意支付十個金幣，我倒是樂意幫你寫封推薦函給洪斯或小約翰，但我並不保證什麼。至於有意挑戰的人，可以在守衛小屋的右邊窗口，買到由我親筆認證的挑戰成功證明。只要一枚金幣，還有記得填上你自己的名字就可以了。

但如果你還是冥頑不靈，我會請國王的衛兵把你轟出去；更頑固的人，下場就會像去年死在山達克手下的那個叫朱佩的法師那樣。當時我認為自己的冒險已經超出一輩子所需的份量，沒想膽顫心驚的日子才要開始。

以上就是我最後以說書人約翰的身分，講述法師約翰最初的故事了。

（全文完）

【作者後記】

大家好！我就是本書的「作者」，應主編大人的要求寫下「後記」。我參考了一些後記，發現這是屬於寫作者和閱讀者交流的園地。

我是一位騎機車上下班的人，雖然太座偶而會開車載我，但那畢竟是屈指可數，所以基本上是位機車族沒錯。騎車的人應該都知道：夏天，會讓你理解吸血鬼為什麼怕太陽；冬天，會讓你體會賣火柴小女孩凍死前的心路歷程；雨天，則會讓你知道當個史萊姆的感覺。然而我想除了口袋裡空空的原因外，或許那種騎在車上的自由感，也是我繼續當機車族的原因之一。

有天我忽然不想上班，於是半途停下來打電話到公司請假，接著拐個彎我就上陽明山了。我來到了一個私人景點，瀏覽這座城市並進行自我對話時，忽然有人拍著我的右肩。我回頭看看，是個穿著一件暗紅色斗蓬的老頭。老頭手上捧著幾本書示意要我收下。

「謝謝，我沒有要買。」我話說完，老者卻硬把書塞到我手中。我仔細的看才發現，封面上的字我一個也沒見過，一定要說的話，倒像是奇幻卡通或電影中出現的神秘文字。

「這個不需要也看不懂，謝謝。」我把書推回去，結果又被推回來。此時書上不知何時多了一個東西：一個木刻的精美龍爪，正抓著一片圓型玻璃。一定要比喻的話看起來有點像放大鏡。

老人說了句我聽不懂的話，接著又俏皮地把這個像放大鏡的東西貼住右眼，隨後便轉交給我。我帶著好奇與不安試著做這動作，發現書本上的神祕字體居然成為我所熟悉的漢字。我再次望向老者‧發現他早已不知去向。之後我藉著那個道具的幫助，將它謄寫了一遍。這就是這本書的由來了。

以上大誤。

首先我要感謝金車文教基金會、大賞的評審與相關人員、秀威的齊安主編和成書人員、我的家人、還有各位閱讀者們。拋開年齡之見，請允許我大喊一聲：「請受小弟一拜！」

小說除了一本正經的胡扯外，最重要的是引起閱讀者的共鳴。在佛洛伊德與精神分析的觀點，小說只是再度點燃了閱讀者本來就存在的想像。有個例子是電影《星際大戰首部曲：威脅潛伏》剛上映時，我向老同學強力推薦。我描述到天花亂墜地湧金蓮，彷彿不看此作品就成了生命中遺憾，結果他們夫婦都在戲院睡著了。原因很簡單，因為超能力、宇宙戰艦與外星人，從來不是他們的話題和興趣。

小說能短時間將你帶離這世界，避開當下的無聊時光或疲憊、苦悶等，讓你養精蓄銳後再回到這世界奮鬥，我想很多人也是抱持這樣的看法。不同的作品吸引不同的人，如果有人覺得本書值得一讀，我相信在靈魂的某一小部分，我們一定有共通之處。正如史蒂芬‧金所描述：「我沒有告訴你，你也沒有問我；我從來沒有開口，你也沒有開口；我們甚至不處在同一年，更不用說同一個房間裡……但我們卻在一起，十分相近。」

約翰

釀奇幻49　PG2488

大師：馬斯多塔

作　　者　約　翰
責任編輯　喬齊安
圖文排版　蔡忠翰
封面設計　劉肇昇

出版策劃　釀出版
製作發行　秀威資訊科技股份有限公司
114 台北市內湖區瑞光路76巷65號1樓
電話：+886-2-2796-3638　傳真：+886-2-2796-1377
服務信箱：service@showwe.com.tw
http://www.showwe.com.tw
郵政劃撥　19563868　戶名：秀威資訊科技股份有限公司
展售門市　國家書店【松江門市】
104 台北市中山區松江路209號1樓
電話：+886-2-2518-0207　傳真：+886-2-2518-0778
網路訂購　秀威網路書店：https://store.showwe.tw
國家網路書店：https://www.govbooks.com.tw
法律顧問　毛國樑　律師
總 經 銷　聯合發行股份有限公司
231新北市新店區寶橋路235巷6弄6號4F
電話：+886-2-2917-8022　傳真：+886-2-2915-6275

出版日期　2020年10月　BOD一版
定　　價　250元

國家圖書館出版品預行編目

大師：馬斯多塔 / 約翰著. -- 一版. -- 臺北
市：釀出版, 2020.10
面；　公分. -- (釀奇幻；49)
BOD版
ISBN 978-986-445-421-1(平裝)

863.57　　　　109014265

讀者回函卡

感謝您購買本書，為提升服務品質，請填妥以下資料，將讀者回函卡直接寄回或傳真本公司，收到您的寶貴意見後，我們會收藏記錄及檢討，謝謝！如您需要了解本公司最新出版書目、購書優惠或企劃活動，歡迎您上網查詢或下載相關資料：http:// www.showwe.com.tw

您購買的書名：____________________

出生日期：________年________月________日

學歷：□高中（含）以下　□大專　□研究所（含）以上

職業：□製造業　□金融業　□資訊業　□軍警　□傳播業　□自由業

□服務業　□公務員　□教職　□學生　□家管　□其它_____

購書地點：□網路書店　□實體書店　□書展　□郵購　□贈閱　□其他

您從何得知本書的消息？

□網路書店　□實體書店　□網路搜尋　□電子報　□書訊　□雜誌

□傳播媒體　□親友推薦　□網站推薦　□部落格　□其他__________

您對本書的評價：（請填代號　1.非常滿意　2.滿意　3.尚可　4.再改進）

封面設計____　版面編排____　內容____　文／譯筆____　價格____

讀完書後您覺得：

□很有收穫　□有收穫　□收穫不多　□沒收穫

對我們的建議：____________________

____

____

____

請貼
郵票

11466
台北市內湖區瑞光路 76 巷 65 號 1 樓

秀威資訊科技股份有限公司　　收

BOD 數位出版事業部

……………………………………………………………………………………

（請沿線對折寄回，謝謝！）

姓　　名：＿＿＿＿＿＿＿＿＿＿　年齡：＿＿＿＿　性別：□女　□男

郵遞區號：□□□□□

地　　址：＿＿＿＿＿＿＿＿＿＿＿＿＿＿＿＿＿＿＿＿＿＿＿＿＿＿＿＿＿

聯絡電話：(日)＿＿＿＿＿＿＿＿＿＿＿＿(夜)＿＿＿＿＿＿＿＿＿＿＿＿

E-mail：＿＿＿＿＿＿＿＿＿＿＿＿＿＿＿＿＿＿＿＿＿＿＿＿＿＿＿＿＿